SPIRIT STORIES FOR CHILDREN

スピリチュアル・ストーリーズ

天使がくれた おくりもの

オリーブ・バートン 著

近藤千雄 訳　葉祥明 画

ハート出版

Spirit Stories for Children

Retold by Olive Burton

はじめに

この本《ほん》をお読《よ》みになる方《かた》の中《なか》には、この中《なか》のお話《はなし》はぜんぶ、わたしオリーブ・バートンが書《か》いたものと思《おも》われる方《かた》がいらっしゃるかもしれませんが、じつはそうではないのです。あるお話《はなし》を、わたしがやさしく書《か》き直《なお》したものなのです。

それは、天国《てんごく》にいる、ある天使《てんし》さまがわたしに話《はな》してくださったものなのですが、このことがよくわからない方《かた》が多《おお》いかもしれませんので、はじめにそのことについて少《すこ》しばかりお話《はな》ししておきましょう。

みなさんの一人《ひとり》ひとりには、天使《てんし》さまがついていて、天国《てんごく》からごらんになりながら、みなさんがいつも正《ただ》しいことをするように導《みちび》いてくださっているのです。

たとえば、みなさんがもし何《なに》か悪《わる》いことをしそうになり、心《こころ》の奥《おく》で、どうしようかと迷《まよ》っているとき、天使《てんし》さまはじっと見《み》まもっていて、みなさんが正《ただ》しい判断《はんだん》をするようにと導《みちび》いてくださるのです。

天使《てんし》さまはいつも、みなさんが明《あか》るくしあわせに暮《く》らしてほしいと願《ねが》っています。天使《てんし》さまにとっては、それが神《かみ》さまにご奉仕《ほうし》する、いちばんたいせつな仕事《しごと》だからです。

さて、この本《ほん》のお話《はなし》はみんな、わたしのいちばん末《すえ》の娘《むすめ》で、今《いま》は六歳《ろくさい》になるエドウィーナという女《おんな》の子《こ》を見《み》まもってくださっている天使《てんし》さまが、わたしに語《かた》ってくださったものです。最初《さいしょ》のお話《はなし》は、この子《こ》が生《う》まれる少《すこ》し前《まえ》にいただきました。そのときにわたしは、この女性《じょせい》が、エドウィーナの守護天使《しゅごてんし》さまであることを知《し》りました。

そこで、わたしの家《いえ》では、これらのお話《はなし》を「エドウィーナのお話《はなし》」と呼《よ》んでいるのですが、このたびこうして、みなさんにも読《よ》んでいただけることになって、とてもうれしく思《おも》っております。

オリーブ・バートン

第1話　小鳥《ことり》のつばさ

昔《むかし》むかし、神《かみ》さまは、いろいろな動物《どうぶつ》をつくられました。そしてすべての動物《どうぶつ》が、太陽《たいよう》の光《ひかり》や水《みず》のありがたさ、友《とも》だちどうしなかよく助《たす》け合《あ》うことの楽《たの》しさなどを味《あじ》わえるように、また、寒《さむ》さや嵐《あらし》から身《み》を守《まも》ることができるようにと、いろいろな能力《のうりょく》をあたえました。これからお話《はな》しするのは、その遠《とお》い遠《とお》い昔《むかし》のお話《はなし》です。

あるとき、たくさんの石《いし》ころを別《べつ》の場所《ばしょ》へ運《はこ》ばなくてはいけなくなりました。神《かみ》さまは、動物《どうぶつ》たちがこの仕事《しごと》をよろこんで手伝《てつだ》ってくれるにちがいないと考《かんが》えて、自分《じぶん》からすすんで引《ひ》きうけてくれる動物《どうぶつ》をあつめることにしました。

ところが、たのまれた動物《どうぶつ》たちは、どれもこれも言《い》いわけばかりして、引《ひ》きうけるのをいやがりました。

神《かみ》さまはまず最初《さいしょ》に、大《おお》きなゾウに、こうたずねました。

「ゾウや、わたしはお前《まえ》たちに、物《もの》が運《はこ》べるように強《つよ》い力《ちから》と長《なが》い鼻《はな》をつけてあげたのだから、どうだろう、ひとつこの仕事《しごと》を引《ひ》きうけてはくれないだろうか?」

するとゾウは、こう答《こた》えました。

「なぜ、わたしの力《ちから》をこんな仕事《しごと》に使《つか》わなければならないのですか? 何《なに》かごほうびをくださらないと、いやですよ」

次《つぎ》に神《かみ》さまは、ライオンたちにむかってこう言《い》いました。

「どうだね、わたしは、お前《まえ》たちを動物《どうぶつ》の中《なか》でいちばん強《つよ》くしてあげたのだから、ごほうびはないが、ぜひ引《ひ》きうけてはくれないか？」

すると、その中《なか》の一頭《いっとう》が、こう答《こた》えました。

「動物《どうぶつ》の王様《おうさま》がそんな仕事《しごと》をするなんて。わたしたちが指図《さしず》して、ほかの動物《どうぶつ》たちに運《はこ》ばせるのならいいですけどね」

次《つぎ》にたのまれたヒツジは、こう答《こた》えました。

「わたしの体《からだ》の毛《け》をさしあげる仕事《しごと》じゃないのですね。わたしには、それ以外《いがい》の仕事《しごと》はできません」

神《かみ》さまは、どれもこれも、みんな言《い》うことを聞《き》かずに背《せ》をむけて逃《に》げていくのをごらんになり、なぜ、こうも恩知《おんし》らずでわがままなのだろうと、たいへんさびしく思《おも》われました。

そのときです。そこへ、小鳥《ことり》たちがピョンピョンと跳《は》ねながらやってきました。じつは、そのころの小鳥《ことり》には、まだ〈つばさ〉がなかったのです。ですから、ただピョンピョンと跳《は》ねながらやってきました。

小鳥《ことり》たちは、神《かみ》さまがたいへん悲《かな》しそうな顔《かお》をしているのを見《み》て、こう言《い》いました。

「神《かみ》さま、わたしたちがその仕事《しごと》をいたしましょう。わたしたちは、ごらんのように体《からだ》が小《ちい》さくて、大《おお》きいものを一度《いちど》に運《はこ》ぶことはできませんし、つばさがないので速《はや》く運《はこ》ぶこともできません。でも、なんとかわたしたちの力《ちから》で神《かみ》さまのお役《やく》にたつことができれば、それだけでうれしいのです」

そう言《い》って小鳥《ことり》たちは、さっそく仕事《しごと》にとりかかりました。小鳥《ことり》たちは、ほんとうに少《すこ》しずつしか運《はこ》べませんでした。でも、働《はたら》けば働《はたら》くほど、心《こころ》がはずんでくるのです。みんな楽《たの》しそうに歌《うた》いながらピョンピョン跳《と》んでいきます。そして、歌《うた》えば歌《うた》うほど荷物《にもつ》の石《いし》ころが軽《かる》くなり、遠《とお》い道《みち》のりも少《すこ》しもたいくつでなくなってくるのです。そのことで元気《げんき》づけられた小鳥《ことり》たちは、水《みず》を飲《の》んだり食事《しょくじ》をしたりするときに、ほんのちょっと休《やす》む以外《いがい》は、ずっと働《はたら》きつづけました。

その楽《たの》しい気持《きも》ちは、小鳥《ことり》たちが歌《うた》う歌《うた》の中《なか》に、よくあらわれておりました。すると、ますます荷物《にもつ》が軽《かる》く感《かん》じられ、心《こころ》からウキウキしてくるのでした。もちろん、ごほうびをもらおうなどとは考《かんが》えてもみませんでした。小鳥《ことり》たちがこうして、いっしょうけんめいに働《はたら》いている様子《ようす》を、じっとごらんになっていた神《かみ》さまは、たいへんうれしく思《おも》いました。それで、もっともっと仕事《しごと》がはかどるようにと、小鳥《ことり》たちに二枚《にまい》のつばさをつくってあげたのです。

神《かみ》さまからつばさをもらった小鳥《ことり》たちは、空《そら》を楽《たの》しそうに飛《と》びながら、これまで以上《いじょう》に、せっせと仕事《しごと》にはげみました。小鳥《ことり》たちにとっては、ほかのごほうびをもらうよりは、仕事《しごと》がもっとはかどるように神《かみ》さまがくださったつばさのほうが、ずっとありがたく思《おも》えました。なぜなら、せっせと働《はたら》いて神《かみ》さまのお役《やく》にたっていることが、小鳥《ことり》たちにとっては、いちばんのしあわせだったからです。

第2話　リスのしっぽ

わたしたちの地球《ちきゅう》ができて、まだまもない、ある秋《あき》の日《ひ》のことです。

もうすっかり色《いろ》を変《か》えた木《こ》の葉《は》がつぎつぎと舞《ま》い落《お》ちて、それがちょうど一枚《いちまい》のじゅうたんのように地面《じめん》をおおい、心地《ここち》よいぬくもりと、たいせつな栄養《えいよう》を生《い》きものたちにあたえておりました。

その美《うつく》しい景色《けしき》を、神《かみ》さまがごらんになっていました。

「こうして落《お》ち葉《ば》も、りっぱに役《やく》にたっているのだが、これからやってくる寒《さむ》い冬《ふゆ》に、太陽《たいよう》の光《ひかり》と熱《ねつ》をもらって芽《め》を出《だ》さなくてはならない木《き》や草《くさ》の

あるところは、きれいに掃《は》いて、そうじをしてやらなくてはいけない。さて、この仕事《しごと》は、誰《だれ》にたのめばいいだろうか？」

神《かみ》さまには、地面《じめん》にいちばん近《ちか》い、土《つち》の中《なか》や木《き》の根《ね》っこのちかくに住《す》んでいる小《ちい》さな動物《どうぶつ》たちの中《なか》から選《えら》ぶのがよさそうに思《おも》えました。それは、たとえばネズミのような動物《どうぶつ》たちです。

そして、神《かみ》さまがさいごに選《えら》んだのは、このネズミによく似《に》た、かわいいリスたちでした。そのころ、リスのしっぽはとても細《ほそ》くて小《ちい》さかったので、ちょうどネズミのような姿《すがた》をしていたのです。

さて、仕事《しごと》をもらったリスたちは、神《かみ》さまにとくに選《えら》ばれたことをたいへんよろこびました。心《こころ》の中《なか》で感謝《かんしゃ》しながらリスたちは、かわいらしい緑《みどり》の芽《め》を足《あし》でふみつぶさないように気《き》をつけながら、その上《うえ》にかぶさっている落《お》ち葉《ば》を、そっとよけてやるのでした。

こうしてリスが、自分《じぶん》たちのことは少《すこ》しも考《かんが》えないで、ただ草木《くさき》がのびのびと育《そだ》つようにと思《おも》って仕事《しごと》にはげんでいる姿《すがた》を見《み》ていた神《かみ》さまは、たいそうよろこばれて、ごほうびに、あのフサフサした美《うつく》しいしっぽをつくってあげました。

また神《かみ》さまは、リスたちが木《き》の上《うえ》に住《す》めるようにもしてあげました。

「さあ、どんどん木《き》に登《のぼ》って、もうすぐやってくる冬《ふゆ》のための食《た》べものを、たくさん取《と》っておきなさい」

リスたちは、神《かみ》さまの言《い》われたとおりに木《き》に登《のぼ》り、木《き》の幹《みき》につくった穴《あな》の中《なか》に、クルミの実《み》をたくさん入《い》れました。

ところが、ここでとても悲《かな》しいことがおきました。それは、リスの仲間《なかま》の中《なか》に、たいへん欲《よく》ばりで力《ちから》の強《つよ》いのが何匹《なんびき》かいて、せっかくみんなで集《あつ》めたクルミを一人《ひとり》じめにしてしまったのです。

この欲《よく》ばりな仲間《なかま》たちは、冬《ふゆ》のあいだもずっと見張《みは》りをして、ほかの仲間《なかま》たちには少《すこ》しもクルミを分《わ》けてやろうとしませんでした。そのため、ほかの仲間《なかま》たちは、おなかがペコペコになり、ついには死《し》んでしまう者《もの》までいました。

しかし、やがて時《とき》がたち、春《はる》が近《ちか》づいてくるにつれて、この欲《よく》ばりなリスたちは、自分《じぶん》たちがみんなからきらわれていて、誰《だれ》も近《ちか》くに来《き》てくれなくなったことに気《き》づきはじめました。そして、みんなが自分《じぶん》たちと遊《あそ》んでくれないのは、自分《じぶん》たちが欲《よく》ばりなことをしているからだ、ということに気《き》づいたのです。そうして、自分《じぶん》たちが欲《よく》ばりだったために起《お》こった、いろいろな悪《わる》い出来事《できごと》を思《おも》い出《だ》して、とても悲《かな》しくなり、「これからは、けっして欲《よく》ばりはいたしません」と神《かみ》さまに約束《やくそく》をしたのです。

それからというもの、このリスたちは神《かみ》さまの言《い》いつけどおり、みんなでなかよく食《た》べものを分《わ》けあって食《た》べるようになりました。

神《かみ》さまが伝《つた》えたかったのは、「みんなが持《も》っているものを持《も》っていないお友《とも》だちが一人《ひとり》でもいたら、みんなで少《すこ》しずつ分《わ》けてあげましょう」ということなのです。

第3話　ミツバチとチョウ

昔《むかし》むかし、神《かみ》さまは、地球《ちきゅう》を美《うつく》しくするために、地上《ちじょう》にいろいろな花《はな》を咲《さ》かせ、たくさんの木《き》を植《う》えました。

しかし、花《はな》はこのままでは、いつかしおれてしまいます。神《かみ》さまは、なんとか花《はな》をいつまでも美《うつく》しくしておく良《よ》い方法《ほうほう》はないものかと、あれこれ考《かんが》えられました。その結果《けっか》、虫《むし》たちの中《なか》から誰《だれ》かを選《えら》んで花《はな》をしおれないようにしてもらい、それだけでなく、この花《はな》たちをますます美《うつく》しくする仕事《しごと》も、してもらうことを思《おも》いつきました。

神《かみ》さまは、このたいせつな仕事《しごと》を、ミツバチにしてもらうことにしました。神《かみ》さまは、ミツバチが、花《はな》を美《うつく》しくしながら自分《じぶん》たちの食《た》べもの（花《はな》のミツ）もとることができるようにし、またミツバチが自分《じぶん》たちの力《ちから》で巣《す》をつくり、とってきたミツをたくわえることができるように、りっぱな知恵《ちえ》をさずけました。

ミツバチたちは、ほんとうにしあわせでした。ぶ～ん、ぶ～んと音《おと》をたてながら花《はな》から花《はな》へと飛《と》びまわり、いっしょうけんめい仕事《しごと》にはげむのでした。

それから幾日《いくにち》かたちました。ミツバチたちはよく働《はたら》いて、おいしいミツをたくさんたくわえることができました。

ところがある日《ひ》のこと、神《かみ》さまは地上《ちじょう》をごらんになって、たいへんがっかりされました。せっかくつくった美《うつく》しい花《はな》が、ひどく荒《あ》らされているのです。そして、仕事《しごと》をいいつけられたはずのミツバチたちは、一匹《いっぴき》もいなくなっていました。ミツバチたちは、自分《じぶん》たちの食《た》べものをたくわえてしまうと、花《はな》のことなど少《すこ》しも考《かんが》えなくなってしまったのです。

あれほどりっぱな仕事《しごと》をたのまれたミツバチがこんな悪《わる》いことをしたということを、神《かみ》さまはとても残念《ざんねん》に思《おも》われました。そこで神《かみ》さまは、こんどは、最後《さいご》までよろこんで仕事《しごと》をがんばってくれる者《もの》に、たのむことにしました。

そうして選《えら》ばれたのが、イモムシでした。イモムシは、神《かみ》さまのつくった生《い》きものの中《なか》では、あまり進化《しんか》していない生《い》きものでした。そのころのイモムシは、今《いま》のイモムシとちがって足《あし》がとても長《なが》く、体《からだ》も、今《いま》のようにたくさんの関節《かんせつ》でつながっておらず、ただ一《ひと》つになっていました。そして、地上《ちじょう》におちている枯《か》れ葉《は》を食《た》べて生《い》きていたのでした。

さてイモムシたちは、神《かみ》さまからいただいた仕事《しごと》にいっしょうけんめいはげみました。イモムシには、ミツバチのような羽《はね》がありませんので、花《はな》から花《はな》へと渡《わた》り歩《ある》くだけでもたいへんなことでした。しかしイモムシたちは、ひとこともわがままを言《い》わず、がまんしながら働《はたら》きつづけるのでした。

イモムシが登《のぼ》る木《き》の中《なか》には、デコボコの多《おお》いものや、トゲのたくさん生《は》えているものがあって、イモムシはたびたびころぶことがありました。しかしイモムシは、けっしてその苦労《くろう》に負《ま》けることなく、いっしょうけんめい働《はたら》きつづけました。

すると、そのうちに、長《なが》くて困《こま》っていた足《あし》がだんだん短《みじか》くなり、体《からだ》も、なんども伸《の》びたり縮《ちぢ》んだりしているうちに、たくさんの関節《かんせつ》ができてきました。そのおかげでイモムシは、たいへん仕事《しごと》がしやすくなりました。

こうしてイモムシが神《かみ》さまのお手伝《てつだ》いをしていたころ、ミツバチたちは、自分《じぶん》たちが自分《じぶん》たちのことだけしか考《かんが》えていなかったこと、花《はな》のことを少《すこ》しも考《かんが》えてあげなかったことに気《き》がついて、とても悲《かな》しくなり、「どうかお許《ゆる》しください」と神《かみ》さまにあやまりました。

すると神《かみ》さまはこう言《い》われました。

「わたしはけっして、お前《まえ》たちに罰《ばつ》はあたえません。お前《まえ》たちで反省会《はんせいかい》を開《ひら》いて、みんなでよく反省《はんせい》してごらんなさい。

あのイモムシたちは、わたしの言《い》いつけをよく守《まも》り、いっしょうけんめい働《はたら》いてくれている。イモムシたちには何《なに》か良《よ》いごほうびをあげることにしよう。そうだ、イモムシたちはもう、枯《か》れた落《お》ち葉《ば》のそうじばかりをしていないで、木《き》に登《のぼ》って新《あたら》しい葉《は》をたべてもよいことにしてあげよう。それに、よく働《はたら》くから少《すこ》し休《やす》む時間《じかん》をあたえ、そのあいだは誰《だれ》からも邪魔《じゃま》をされないように守《まも》ってあげよう。

それに、もう一《ひと》つのごほうびとして、その休《やす》みの期間《きかん》が終《お》わったら、すぐに空《そら》を飛《と》べるように羽《はね》をつけてあげよう。その羽《はね》には、花《はな》たちの美《うつく》しい色《いろ》で、きれいな模様《もよう》をつけてあげることにしよう」

そうです。イモムシはあの美《うつく》しいチョウになってからも、花《はな》の色《いろ》で飾《かざ》られた美《うつく》しい羽《はね》で飛《と》びながら花粉《かふん》を運《はこ》んで、神《かみ》さまからいただいた仕事《しごと》を、今《いま》もりっぱにつづけているのです。

さてミツバチたちは、神《かみ》さまからの言《い》いつけどおり反省会《はんせいかい》を開《ひら》きました。

その反省会《はんせいかい》では、メスのハチのほうが優勢《ゆうせい》でした。自分《じぶん》たちがせっかく集《あつ》めたミツを、オスのハチたちが食《た》べてしまい、そのうえ、自分《じぶん》たちに花《はな》の世話《せわ》をなまけるようにそそのかしたと言《い》って責《せ》めるのでした。

しかしメスのハチたちは、自分《じぶん》たちも悪《わる》かったということを反省《はんせい》して、これからはけっして仕事《しごと》を怠《なま》けるようなことをせずに、生《う》まれてから死《し》ぬまで、ずっと働《はたら》きとおすことを誓《ちか》いました。それから、オスのハチたちにむかって、こう言《い》いました。

「あなたたちが、わたしたちの仕事《しごと》を途中《とちゅう》でやめさせたから、花《はな》があんなに枯《か》れてしまったのです。これからは、そこまでしか、わたしたちの食《た》べものは分《わ》けてあげません。毎年《まいとし》そのころになったら、この巣《す》から出《で》ていってください」

こうして、働《はたら》きバチはメスだけになり、オスのハチは、毎年《まいとし》同《おな》じころになると遠《とお》くへ飛《と》び去っていくようになったのです。

いったい、このお話《はなし》は何《なに》を教《おし》えているのでしょう？　そうです。どんなに小《ちい》さなことでもよいのです。神《かみ》さまは、他人《たにん》のしあわせのためになることをする人《ひと》には、自分《じぶん》のことばかり考《かんが》えている人《ひと》よりも、多《おお》くのしあわせをあたえてくださる、ということなのです。

第4話　天国《てんごく》の保育園《ほいくえん》

みなさんが住《す》むこの地上《ちじょう》と同《おな》じように、天国《てんごく》にも保育園《ほいくえん》があります。そこでは、小《ちい》さいときにこの地上《ちじょう》に別《わか》れをつげて天国《てんごく》へ行《い》った子《こ》どもたちが暮《く》らしています。

ではこれから、みなさんといっしょに、その天国《てんごく》の保育園《ほいくえん》をのぞいてみることにしましょう。

天国《てんごく》の保育園《ほいくえん》は、それはそれは楽《たの》しいところです。かわいらしい家《いえ》がたくさんたちならび、子《こ》どもたちはいくつかのグループにわかれて暮《く》らしています。

ここでは、年上《としうえ》の子《こ》どもがリーダーをつとめ、小《ちい》さな子《こ》どもたちのお世《せ》話《わ》をすることになっています。もちろん、保母《ほぼ》さんの仕事《しごと》をする大人《おとな》の先生《せんせい》もいて、いっしょにいろいろとお世話《せわ》をしながら、子《こ》どもたちをりっぱに育《そだ》てているのです。

また、この保育園《ほいくえん》には、たくさんの動物《どうぶつ》や小鳥《ことり》がいて、家《いえ》の中《なか》で子《こ》どもたちといっしょにすわって話《はな》しあったり、外《そと》でなかよく遊《あそ》んだりして、とても楽《たの》しい毎日《まいにち》を送《おく》っております。

そこには、子《こ》どもたちが好《す》きな動物《どうぶつ》が、たくさん遊《あそ》びに来《き》ています。この動物《どうぶつ》たちは、少《すこ》しも人間《にんげん》をこわがらないのです。なぜかといえば、この保育園《ほいくえん》の子《こ》どもたちはけっして動物《どうぶつ》に悪《わる》いことをしないということを、動物《どうぶつ》たちがよく知《し》っているからです。

はじめてこの保育園《ほいくえん》に来《き》た子《こ》どもは、よくわからないことがたくさんあります。ですから、来《く》る前《まえ》に、ここでの新《あたら》しい生《い》きかたを学《まな》んでいないと、とんだ大失敗《だいしっぱい》をすることがあります。これからお話《はな》しするのは、この保育《ほいく》園《えん》にひょっこりあらわれた男《おとこ》の子《こ》、ジョンくんの、大失敗《だいしっぱい》の物語《ものがたり》です。

ジョンが天国《てんごく》へ来《き》たのは、やっと九歳《きゅうさい》になったばかりの時《とき》でした。かわいそうにジョンは、地上《ちじょう》でたいへん不幸《ふこう》な生活《せいかつ》を送《おく》りました。家《いえ》が貧《まず》しかったために、遊《あそ》ぶことも本《ほん》を読《よ》むこともできませんでした。どんなに小《ち》さいものを手《て》に入《い》れるのにも、ジョンはいつも苦《くる》しい思《おも》いをしなければなりませんでした。そのためか、ジョンはだんだん大人《おとな》の言《い》うことをきかない子《こ》どもになり、いつのまにか、とてもいじわるな子《こ》どもになっていたのでした。

さて天国《てんごく》へ来《き》たジョンは、ある時《とき》ひょっこり、その保育園《ほいくえん》へやってきました。保育園《ほいくえん》に入《はい》るのははじめてでしたので、もちろんこの、子《こ》どもの国《くに》のことについては何《なに》も知《し》りません。

ジョンは、お庭《にわ》でピョンピョンと楽《たの》しそうに跳《と》びまわっているかわいい小鳥《ことり》たちを見《み》ると、地上《ちじょう》にいた時《とき》と同《おな》じように、いきなり石《いし》をひろってその小鳥《ことり》に投《な》げつけました。

かわいそうに、ジョンの投《な》げた石《いし》は、そのうちの一羽《いちわ》に命中《めいちゅう》しました。それを見《み》てジョンは、得意《とくい》になってよろこびました。

ところが次《つぎ》の瞬間《しゅんかん》、ジョンはとても驚《おどろ》きました。石《いし》が当《あ》たったはずの小鳥《ことり》が、少《すこ》しも傷《きず》ついていないのです。そればかりではありません。その小鳥《ことり》がジョンのほうへ飛《と》んできて、ジョンの肩《かた》の上《うえ》にとまったではありませんか！

ジョンは不思議《ふしぎ》に思《おも》って、しばらく、じっと立《た》ったままでした。するとそこへ、ジョンより少《すこ》し年上《としうえ》の少年《しょうねん》がやって来《き》て、ジョンにこう言《い》いました。

「ジョンくん、この国《くに》ではあんなことをしても、けっして傷《きず》つくことはないんだよ。それに、ここの小鳥《ことり》たちは、こわがるということを知《し》らないんだ。それできみのところへやって来《き》たのさ」

それからその少年《しょうねん》は、ジョンを自分《じぶん》の受《う》け持《も》ちの家《いえ》につれていきました。ジョンはそこにあったベッドに横《よこ》になると、そのままグッスリと眠《ねむ》ってしまいました。

しばらくして目《め》をさましたジョンは、ベッドのすぐ横《よこ》に一匹《いっぴき》の小《ちい》さなシカが立《た》っているのに気《き》がつきました。とてもかわいい「子《こ》ジカのバンビ」です。

ところが、それを見《み》たジョンは、すぐまた悪《わる》いことをしたくなりました。でも、このようにジョンがすぐに悪《わる》いことを考《かんが》えるのは、ほんとうはジョンが悪《わる》いのではありません。地上《ちじょう》にいた時《とき》の生活《せいかつ》があまりにも苦《くる》しかったからなのです。

ジョンはベッドからとび起《お》きるとすぐ、げんこつでシカをなぐりつけました。ところがジョンは、またまた驚《おどろ》きました。シカがジョンに近《ちか》づいてきて、しきりにジョンの首《くび》のところに鼻《はな》をすりよせるのです。

ジョンが、自分《じぶん》の悪《わる》いおこないに気《き》がついたのはこの時《とき》でした。ベッドにすわったまま、悲《かな》しくなって泣《な》いてしまいました。シカが近《ちか》づいてジョンをなぐさめます。

このようすを見《み》ていたさっきの少年《しょうねん》は、ジョンにやさしくこう言《い》いました。

「ジョンくん、きみはなぜ、ぼくたちの友《とも》だちに、そんな悪《わる》いことをするんだい？　みんな、きみのことが好《す》きなんだよ。それを知《し》ってもらいたいと思《おも》って、ほら、シカもこうして鼻《はな》をすりよせてるんじゃないか。このシカも、こわがることを知《し》らないんだよ。ただきみに好《す》かれたいのさ。この国《くに》ではこうやって、みんながなかよく生《い》きていくんだよ。みんなしあわせなんだ」

この言葉《ことば》を聞《き》いて、ジョンは、それがほんとうであることが、よくわか

りました。

それからジョンは、シカといっしょに外《そと》にとび出《だ》しました。家《いえ》の外《そと》では男《おとこ》の子《こ》や女《おんな》の子《こ》、それに動物《どうぶつ》たちが、みんな楽《たの》しそうに遊《あそ》んでいます。

こうしてジョンも、すぐにみんなとなかよしになりました。そして、はじめて、ほんとうのしあわせを知《し》ることができたのでした。

第5話　いなくなったウサギ

ふたたび天国《てんごく》の保育園《ほいくえん》をのぞいてみましょう。かわいらしい家《いえ》がたくさん並《なら》んでいます。その中《なか》の一《ひと》つをそっとのぞいてみると、子《こ》どもたちが、かわいい動物《どうぶつ》たちとなかよく遊《あそ》んでいます。それは、二匹《にひき》の小《ちい》さな白《しろ》いウサギです。

白《しろ》ウサギなら、みなさんも、きっとかわいがったことがあることでしょう。この二匹《にひき》の白《しろ》ウサギも、ここではたいへん人気者《にんきもの》で、子《こ》どもたちにかわいがられながら、楽《たの》しそうに遊《あそ》んでいます。

ところが、そうやって子《こ》どもたちが楽《たの》しそうに遊《あそ》んでいる場所《ばしょ》から少《すこ》し離《はな》れたところに、もう一匹《いっぴき》、灰色《はいいろ》の小《ちい》さなウサギが、さみしそうにすわっています。いったい、どうしたのでしょう?

保育園《ほいくえん》の子《こ》どもたちのお世話《せわ》をしている先生《せんせい》は、前《まえ》からこの灰色《はいいろ》の小《こ》ウサギがさみしそうにしていることを知《し》っていて、そのわけもよく知《し》っていました。

そんなある日《ひ》のこと、その灰色《はいいろ》の小《こ》ウサギがとうとう保育園《ほいくえん》からいなくなってしまいました。なぜでしょうか? そのわけも、先生《せんせい》にはすぐにわかりました。

もちろん、むちゅうで遊《あそ》んでいる子《こ》どもたちは、灰色《はいいろ》の小《こ》ウサギがいなくなったことなど少《すこ》しも知《し》りませんでした。ですから、先生《せんせい》からそのことを聞《き》かされた時《とき》は、とても驚《おどろ》きました。そしてみんな口《くち》ぐちに、なぜいなくなったのですかと先生《せんせい》にたずねました。そこで先生《せんせい》はみんなを呼《よ》び集《あつ》めて、やさしく次《つぎ》のようなお話《はなし》をしました。

「この天国《てんごく》では、動物《どうぶつ》たちは、わたしたちがかわいがってあげる、やさしい〈愛《あい》の心《こころ》〉によって生《い》きているのです。わたしたち人間《にんげん》は、天国《てんごく》に来《き》ても、それぞれ自分《じぶん》のままでいることができますが、動物《どうぶつ》たちは、天国《てんごく》へ来《く》るとすぐに、動物《どうぶつ》たちだけの〈大《おお》きな一《ひと》つの魂《たましい》〉の中《なか》にとけ込《こ》んでしまい、形《かたち》をなくしてしまうのです。

ですから、みなさんがいっしょに遊《あそ》んでいる動物《どうぶつ》たちが天国《てんごく》でも地上《ちじょう》と同《おな》じ姿《すがた》をしているのは、みなさんがかわいがってあげているからなのです。イヌのピムくん、ネコのフラッフィーちゃん、おウマのモリーちゃんも、みんなそうなのですよ。そういう動物《どうぶつ》は、わたしたちにかわいがられているあいだは、わたしたちの国《くに》に住《す》んでいます。ですが、もしわたしたちにかわいがられなくなると、自分《じぶん》のきょうだいや友《とも》だちのいる世界《せかい》へ行《い》ってしまうのです。

これで、なぜあの灰色《はいいろ》のウサちゃんがいなくなったのか、よくわかったでしょう？　みなさんがかわいがってあげないと、この天国《てんごく》には、いられなくなるのです」

このお話《はなし》を聞《き》いて、子《こ》どもたちはとても残念《ざんねん》に思《おも》いました。というのは、子《こ》どもたちには、灰色《はいいろ》の小《こ》ウサギをのけ者《もの》にする気持《きも》ちは少《すこ》しもなかったのです。そこで先生《せんせい》にこうたずねました。

「先生《せんせい》、もういちどあのウサちゃんと遊《あそ》ばせてください。だって、ほんとうはみんな、あのウサちゃんが好《す》きなんです。いままでは、ただ忘《わす》れていただけなんです」

こうして子《こ》どもたちは、とてもたいせつなことを学《まな》びました。するとどうでしょう。あの灰色《はいいろ》のウサギが、ピョンピョンとやって来《き》たではありませんか。同《おな》じ灰色《はいいろ》でも、今《いま》はいきいきとしたツヤをしていて、体《からだ》じゅうが光《ひか》り輝《かがや》いています。

どうしてそんなふうに変《か》わったのでしょうか？　そのわけは、みなさんにもわかりますね。そうです。みんなにかわいがられていることを知《し》って、ウサギはうれしくてたまらなかったのです。

子《こ》どもたちの祈《いの》り

天《てん》の神《かみ》さま、今日《きょう》も一日《いちにち》、たのしく元気《げんき》にすごすことができたことを感《かん》謝《しゃ》いたします。

これからも、いつも正《ただ》しいおこないをし、けっしてお友《とも》だちのめいわくにならないようにいたします。

そして、病気《びょうき》のお友《とも》だちやケガをしたお友《とも》だちが、天使《てんし》さまのお力《ちから》によって一日《いちにち》も早《はや》く良《よ》くなり、おとうさんやおかあさんのいないお友《とも》だちが、いつもしあわせでいられるよう、お守《まも》りください。

心《こころ》をこめてお祈《いの》りいたします。

第6話　小《ちい》さな青《あお》い花《はな》

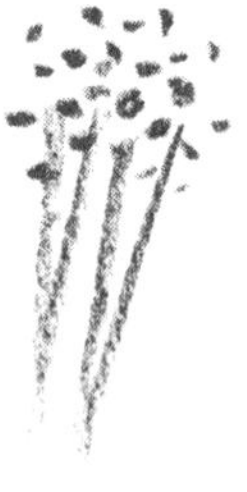

保育園《ほいくえん》のお友《とも》だちとなかよしになったジョンは、その後《ご》、どうしているのでしょう？　ではこれから、ジョンのその後《ご》のお話《はなし》をすることにしましょう。

ジョンがなかよしになった新《あたら》しいお友《とも》だちの中《なか》に、ローズマリーという名前《なまえ》の、かわいらしい女《おんな》の子《こ》がいました。

ある日《ひ》ジョンは、美《うつく》しいお花《はな》がいっぱい咲《さ》いているローズマリーのお庭《にわ》へ遊《あそ》びに行《い》きました。

さて、ジョンがお庭《にわ》に入《はい》ってすぐに気《き》がついたことが一《ひと》つありました。

それは、そのお花畑《はなばたけ》には、草《くさ》が一本《いっぽん》も生《は》えていないのです。

不思議《ふしぎ》に思《おも》ったジョンは、ローズマリーに言《い》いました。

「ローズマリーちゃん、このお庭《にわ》には、草《くさ》が一本《いっぽん》も生《は》えていないんだね」

するとローズマリーは、不思議《ふしぎ》そうな顔《かお》をしながら聞《き》きました。

「草《くさ》？　草《くさ》ってなあに？」

ローズマリーは、まだ赤《あか》ちゃんのころにこの天国《てんごく》へ来《き》たので、地上《ちじょう》のことは何《なに》も知《し》らないのです。

そこでジョンが、こう説明《せつめい》してあげました。

「草《くさ》というのはね、だーれもほしがらない植物《しょくぶつ》なんだ。だから、みんな引《ひ》き抜《ぬ》かれて捨《す》てられてしまうんだよ。だって草《くさ》があると、ほかのきれいな花《はな》のじゃまになるからね」

これを聞《き》いてローズマリーは、草《くさ》がとてもかわいそうに思《おも》えました。なぜなら、ローズマリーは、どの植物《しょくぶつ》もみんなかわいがってあげなくてはいけないと思《おも》っていたからです。

そこでローズマリーは、こう言《い》いました。

「いっしょに先生《せんせい》のところへ行《い》って、わたしたちのお庭《にわ》にその草《くさ》を植《う》えさせてもらえるように、お願《ねが》いしてみましょうよ」

ジョンも「そうだね。それがいいね」と言《い》って、すぐに賛成《さんせい》しました。

さて、二人《ふたり》のお願《ねが》いを聞《き》いた先生《せんせい》は、たいそうよろこんで、次《つぎ》のように話《はな》されました。

「ジョンくんにローズマリーちゃん、先生《せんせい》はお二人《ふたり》の話《はなし》を聞《き》いて、ほんとうにうれしく思《おも》いますよ。草《くさ》のように、みんなから捨《す》てられてしまう植物《しょくぶつ》だって、同《おな》じように神《かみ》さまがつくられたものです。ですから、神《かみ》さまから見《み》れば、花《はな》も、草《くさ》も、みんな同《おな》じように美《うつく》しいものなのです」

先生《せんせい》はそう言《い》いながら、二人《ふたり》に一本《いっぽん》の小《ちい》さな草《くさ》をくれました。

二人《ふたり》は大《おお》よろこびでその草《くさ》を持《も》ち帰《かえ》り、ていねいに植《う》えてあげました。二人《ふたり》は、今《いま》までのけ者《もの》にされていた草《くさ》をかわいがってあげることができ、とてもしあわせでした。

やがてその草《くさ》に、小《ちい》さな青《あお》い花《はな》が咲《さ》きました。そして、二人《ふたり》でかわいがればかわいがるほど、その花《はな》はますます美《うつく》しくなっていきました。そして、しまいには二人《ふたり》とも、その草《くさ》を自慢《じまん》するようになりました。

ジョンもローズマリーも、うれしくてなりません。なぜ二人《ふたり》は、このよ

うな、しあわせな気持《きも》ちになったのでしょうか？

それは、自分《じぶん》たちで育《そだ》てた草《くさ》が、神《かみ》さまがお考《かんが》えになったとおりに、すくすくと育《そだ》って美《うつく》しい花《はな》を咲《さ》かせているからです。

第7話 たいせつな命《いのち》

ある日《ひ》、ジョンとローズマリーは、保育園《ほいくえん》の子《こ》どもたちが動物《どうぶつ》たちと遊《あそ》んでいるのを見《み》ていました。

そのうちの何人《なんにん》かが、子《こ》ジカを追《お》いかけはじめました。シカは、ひっしに逃《に》げまわっています。

そのようすを見《み》ていたジョンは、これはいけないことだと思《おも》い、すぐに先生《せんせい》のところへ行《い》って、そのことを知《し》らせました。ところが先生《せんせい》は、次《つぎ》のように言《い》いました。

「ジョンくん、それは少《すこ》しも心配《しんぱい》しなくていいのですよ。シカは、こわくて逃《に》げまわっているのではなくて、面白《おもしろ》がって遊《あそ》んでいるのです。なぜかというと、子《こ》どもたちがいじわるをしないということを、シカはよく知《し》っているからです。

ジョンくんは、地上《ちじょう》で動物《どうぶつ》が猟師《りょうし》に追《お》いかけられるようすを思《おも》い出《だ》したんじゃないかしら。

地上《ちじょう》では、生《い》きていくためには、どうしてもほかの生《い》きものを犠牲《ぎせい》にしなくてはなりません。小《ちい》さい虫《むし》から大《おお》きい動物《どうぶつ》、そして人間《にんげん》だって、そうやって生《い》きていますね。これは、地上《ちじょう》の生活《せいかつ》のしくみがそうなっているのですから、しかたがないことです。けっして悪《わる》いことではありません。

ですが、残念《ざんねん》なことに、地上《ちじょう》の人間《にんげん》の中《なか》には、動物《どうぶつ》を追《お》いまわして銃《じゅう》で撃《う》つことを楽《たの》しみにしている人《ひと》たちがいます。あれはたいへんいけないことです。それから、何《なん》の害《がい》もあたえない虫《むし》や生《い》きものをむやみに殺《ころ》すのもいけないことです。衛生上《えいせいじょう》の理由《りゆう》から害虫《がいちゅう》を駆除《くじょ》することはもちろん必要《ひつよう》ですが、そうでないかぎり、生《い》きものをむやみに死《し》なせてはなりません」

そこまで話《はな》したとき、一羽《いちわ》のチョウが飛《と》んできて、先生《せんせい》の手《て》にとまりました。

「ほら、このきれいなチョウをごらんなさい。このチョウは、どんな目的《もくてき》を持《も》って生《う》まれたのでしょうね。それは、チョウの体《からだ》のしくみを観察《かんさつ》すればわかることです。どんなに小《ちい》さな生《い》きものでも、神《かみ》さまの、とても深《ふか》い知恵《ちえ》によってつくられているのです。それを面白半分《おもしろはんぶん》に殺《ころ》すことは、まちがいであると、ジョンくんにもわかるでしょう？」

先生《せんせい》のお話《はなし》を聞《き》いて、ジョンはこう言《い》いました。

「よくわかりました。地上《ちじょう》の子《こ》どもたちがみんなこのことを理解《りかい》してくれたら、どんな生《い》きものにも、ひどいことをしなくなると思《おも》うんだけどな」

第8話　フクロウの知恵《ちえ》

これも遠《とお》い遠《とお》い昔《むかし》のこと、まだ、わたしたちの地球《ちきゅう》ができて、まもないころのお話《はなし》です。

その日《ひ》はとても風《かぜ》の強《つよ》い日《ひ》でした。空《そら》はまっ黒《くろ》にくもり、おおつぶの雨《あめ》が強《つよ》くふりつづけておりました。

地球《ちきゅう》ができてから嵐《あらし》が来《き》たのはこのときがはじめてだったので、小鳥《ことり》たちは「これは何《なに》ごとだろう?」と、こわがって、ガタガタふるえておりました。

小《ちい》さな木《き》は、あっちにゆれ、こっちにゆれて、小鳥《ことり》たちはいっときも枝《えだ》にとまっていることができません。どこへ行《い》けばいいのか、どうすればいいのか、ただただ心配《しんぱい》するばかりでした。

そうやって小鳥《ことり》たちが大《おお》さわぎをしているとき、一羽《いちわ》のフクロウだけが、少《すこ》しもあわてず、静《しず》かに枝《えだ》にとまっておりました。そうして、ほかの鳥《とり》たちが大《おお》さわぎをしているのを見《み》ながら、なんと知恵《ちえ》のないことだろうと思《おも》うのでした。

「きみたちはなぜ、そんなにさわぐのだね?」

フクロウはそう言《い》ってから、小鳥《ことり》たちに次《つぎ》のように語《かた》って聞《き》かせました。

「わたしをごらんよ。こうしていれば、ちっともこわくなんかないじゃないか。かくれ場所《ばしょ》なら、さがせばどこにだってあるさ。早《はや》くさがして、こういうぐあいにじっとがまんしていれば、嵐《あらし》なんか平気《へいき》だよ。そのうち過《す》ぎ去《さ》っていくよ」

これを聞《き》いた小鳥《ことり》たちは、いっせいにフクロウのいる場所《ばしょ》を見ました。すると、どうでしょう。フクロウは大《おお》きな木《き》の幹《みき》を背《せ》にして、平気《へいき》な顔《かお》でとまっているのです。

幹《みき》も枝《えだ》もとても大《おお》きいので、雨《あめ》も風《かぜ》もあたりません。小鳥《ことり》たちは「なるほどなあ」と思《おも》って、さっそく自分《じぶん》たちのかくれ場所《ばしょ》をさがし、おかげでおそろしい嵐《あらし》から、のがれることができたのでした。

フクロウが今《いま》でも「知恵《ちえ》のおじさん」と呼《よ》ばれているのは、きっと、こんな話《はなし》があるからでしょう。

この話《はなし》は、とてもたいせつなことを教《おし》えています。わたしたちは、何《なに》か困《こま》ったことがあると、すぐにあわてたりさわいだりしますが、ほんとうは、ものごとは、あわてればあわてるほど、ますますむずかしくなるものなのです。

そんなときは心《こころ》をおちつけて、静《しず》かに考《かんが》えるのです。どんなときでも、あわてず、じっとがまんする子《こ》には、きっと神《かみ》さまがよい知恵《ちえ》をさずけてくださることでしょう。

第9話　妖精《ようせい》たちのために

昔《むかし》むかし、神《かみ》さまは、地上《ちじょう》にたくさんの生《い》きものをつくられました。そして、その一《ひと》つひとつに仕事《しごと》を申《もう》しつけられました。

ところがその中《なか》に、自分《じぶん》の仕事《しごと》がわからずにいる二匹《にひき》の虫《むし》がいました。一匹《いっぴき》は草《くさ》の中《なか》に住《す》み、もう一匹《いっぴき》は空《そら》を飛《と》んでおりました。

二匹《にひき》の虫《むし》は、いつもこう言《い》って考《かんが》えこむのでした。

「いったいぼくたちは、何《なん》のために生《い》きているのだろう?」

ある日《ひ》のこと、二匹《にひき》の虫《むし》は、木《き》や花《はな》には〈妖精《ようせい》〉という、美《うつく》しい羽《はね》をつけたかわいらしい子《こ》どもが住《す》んでいて、夜《よる》になると、空《そら》を飛《と》びまわったり地上《ちじょう》を散歩《さんぽ》したりするということを聞《き》きました。

「妖精《ようせい》さんたちがでかけるのは、いつも夜《よる》だそうだけど、暗《くら》くて道《みち》がわかりにくいだろうなあ」

なんとかして神《かみ》さまのお役《やく》にたちたいと思《おも》っていたその二匹《にひき》は、そんなことを言《い》いながら、しきりに妖精《ようせい》たちのことを心配《しんぱい》しておりました。

そのうち二匹《にひき》は、とうとうがまんしきれなくなって、ある日《ひ》のこと「よし、ぼくたちが道案内《みちあんない》をしてあげよう」と、決心《けっしん》しました。

その日《ひ》から、一匹《いっぴき》は空《そら》を飛《と》びまわり、もう一匹《いっぴき》は草《くさ》のしげみの中《なか》にいて、妖精《ようせい》たちが迷子《まいご》にならないように、親切《しんせつ》に案内《あんない》してあげるのでした。

妖精《ようせい》たちは二匹《にひき》の親切《しんせつ》をとてもうれしく思《おも》い、たびたびお礼《れい》を言《い》いました。

お礼《れい》を言《い》われた二匹《にひき》も、自分《じぶん》たちがだれかの役《やく》にたっていることを知《し》ってうれしく思《おも》い、毎日《まいにち》がたのしく思《おも》えるのでした。

さて、この二匹《にひき》の虫《むし》のおこないを見《み》ておられた神《かみ》さまは、とてもよろこばれました。そして、その美《うつく》しい心《こころ》がけに感心《かんしん》し、ごほうびとして、道案内《みちあんない》をするための〈光《ひかり》〉を二匹《にひき》にさずけました。

みなさんが知《し》っているホタルとツチボタルは、こうして生《う》まれたのです。

なんとすてきなお話《はなし》でしょう。わたしたちはよく、自分《じぶん》の家《いえ》が貧《まず》しいとか、おとうさんやおかあさんに言《い》いつけられた仕事《しごと》がつまらないとかと言《い》って、わがままを言《い》うことがありますね。

けれど、ほんとうは、どんな仕事《しごと》をしていても、どんな暮《く》らしをしてい

ても、いちばんたいせつなのは、この二匹《にひき》の虫《むし》たちのような、すなおでやさしい心《こころ》がけなのです。

いつも親切《しんせつ》で、すなおな心《こころ》をもったよい子《こ》には、神《かみ》さまがきっと、ごほうびに、ほんとうのしあわせをくださることでしょう。

第10話　動物《どうぶつ》たちの国《くに》

あるとき、保育園《ほいくえん》の先生《せんせい》は、木《こ》かげにおおぜいの子《こ》どもたちを集《あつ》めて、たいせつなお話《はなし》をされました。

それは、人間《にんげん》の〈性格《せいかく》〉についてのお話《はなし》でした。性格《せいかく》というのは、わたしたち一人《ひとり》ひとりが持《も》っている、〈ほかの人《ひと》とちがうところ〉のことです。

先生《せんせい》がお話《はなし》をつづけていると、ウサギをだっこしていたジョンが、こんな質問《しつもん》をしました。

「先生《せんせい》、ではこのウサちゃんは？　このウサちゃんにも、やはり性格《せいかく》というものがあるのですか？」

「ええ、ありますとも」

先生《せんせい》はすぐにこう答《こた》えました。

「ウサギだけでなく、どの動物《どうぶつ》にも、それぞれの性格《せいかく》があるんですよ。では、その勉強《べんきょう》のために、これからみなさんといっしょに動物《どうぶつ》の国《くに》へ行《い》ってみましょう。そのことがすぐにわかりますよ」

そう言《い》って先生《せんせい》は、子《こ》どもたちをつれて保育園《ほいくえん》を出《で》て、いつもたくさんの動物《どうぶつ》たちが住《す》んでいる森《もり》へむかってすすみました。もちろんジョンとローズマリーもいっしょです。

しばらく歩《ある》いて、そろそろ動物《どうぶつ》の森《もり》に近《ちか》づいたころ、一匹《いっぴき》のキツネが、遠《とお》くからみんなのほうを見《み》つめているのが見《み》えました。そして、そのキツネはどうやら、みんなが近《ちか》づいてくるのが気に入《い》らないらしいのです。

そのようすを、先生《せんせい》はこんなふうに説明《せつめい》しました。

「あのように、すぐに逃《に》げようとするのがキツネの性格《せいかく》なのです。地上《ちじょう》ではとてもこわい動物《どうぶつ》ですけど、あれは、勇気《ゆうき》を出《だ》さないと食《た》べるものが得《え》られないからなのです」

次《つぎ》にみんなの目《め》に入《はい》ったのは、三頭《さんとう》の大《おお》きなゾウでした。先生《せんせい》はさっそく次《つぎ》のように説明《せつめい》されました。

「ゾウは、動物《どうぶつ》の中《なか》でもいちばん頭《あたま》がいいのです。物《もの》を運《はこ》んだり、つくったりして、たいへん役《やく》にたつ動物《どうぶつ》です。頭《あたま》がいいから、自分《じぶん》たちの身《み》を守《まも》るために、あのようにおたがいに鼻《はな》としっぽをつないで歩《ある》くことを考《かんが》えつくのです。あのようにしていっしょに歩《ある》くのがいちばん安全《あんぜん》だということを、ちゃんと知《し》っているのね」

やがてみんなは、広《ひろ》い原《はら》っぱに出《で》ました。見《み》ると、すぐ近《ちか》くにライオンがねそべっていました。

それを見《み》たジョンは、びっくりして逃《に》げようとしました。ところがローズマリーは少《すこ》しもこわがらず、平気《へいき》な顔《かお》でライオンに近《ちか》づきました。

そのようすを見《み》て、先生《せんせい》はジョンにこう話《はな》しかけました。

「ジョンくん、こわがらなくてもいいのよ。ライオンは、ほんとうはネコのようにおとなしい性格《せいかく》なのです。地上《ちじょう》のライオンがこわいのは、食《た》べものを得《え》るために、ほかの動物《どうぶつ》とあらそわなければならないからなのです。でも、この天国《てんごく》ではそんな必要《ひつよう》はありませんから、みんなやさしくておとなしいのです」

そのとき、近《ちか》くを一匹《いっぴき》のネズミがすばやく通《とお》りすぎました。すると先生《せんせい》がその方角《ほうがく》を指《さ》して、こう説明《せつめい》しました。

「ほら、あのネズミをごらんなさい。動物《どうぶつ》の中《なか》でもいちばん小《ちい》さいのに、いちばん勇気《ゆうき》があって、どんなところでも平気《へいき》で走《はし》りまわって遊《あそ》んでいます。おくびょうなようでも、ほんとうはとても勇気《ゆうき》があるのです」

そしてさいごに、みんなにこう話《はな》されました。

「さて、これで動物《どうぶつ》にも、みんなそれぞれの性格《せいかく》があることがわかりましたね。そしてまた、そのほんとうの性格《せいかく》があらわれるのは、この天国《てんごく》へ来《き》てからだということもわかりましたね。

地上《ちじょう》では、生《い》きるために、ほかの動物《どうぶつ》を殺《ころ》したり、あらそったりしなければなりません。そのために、やさしい心《こころ》を持《も》っている動物《どうぶつ》も、地上《ちじょう》ではこわい動物《どうぶつ》となって、みんなから、おそれられてしまうのです。

でも、天国《てんごく》へ来《く》れば、もうその心配《しんぱい》は、いりません。わたしたち人間《にんげん》が平気《へいき》でライオンの背《せ》をなでたり、小鳥《ことり》が人間《にんげん》の肩《かた》にとまりにくるのも、そのためなのです」

第11話　やさしい心《こころ》

天国《てんごく》の保育園《ほいくえん》に来《き》てからのジョンは、毎日《まいにち》のように新《あたら》しいこと、それまで思《おも》ってもみなかったことを教《おそ》わったり発見《はっけん》したりしています。

今日《きょう》も先生《せんせい》から、花《はな》について、こんなたいせつなことを教《おそ》わりました。

その日《ひ》のジョンは、お友《とも》だちのローズマリーといっしょに、ローズマリーのつくったお花畑《はなばたけ》を歩《ある》いていました。

そのとき、ふとジョンは、その花畑《はなばたけ》が地上《ちじょう》の花畑《はなばたけ》とどこかちがっていることに気《き》づきました。どこがちがうのかというと、ローズマリーのお花畑《はなばたけ》には〈花壇《かだん》〉がない、ということです。

花壇《かだん》というのは、花《はな》を一《ひと》つの場所《ばしょ》に集《あつ》めて、いろいろとくふうをこらしてつくった畑《はたけ》のことです。ジョンは、地上《ちじょう》ではそのような花壇《かだん》に、同《おな》じような花《はな》がたくさん植《う》えられていたはずだ、と思《おも》い出《だ》しました。

でも、天国《てんごく》のお花畑《はなばたけ》には、そのような場所《ばしょ》がどこにも見当《みあ》たらないのです。いろんな種類《しゅるい》の花《はな》が、わずかに一本《いっぽん》ずつ、ときには二、三本《にさんぼん》ずつ、あちらこちらに咲《さ》いているのです。

何《なに》かわけがあるのかしらと思《おも》ったジョンは、さっそく先生《せんせい》にたずねてみました。

先生《せんせい》はいつものように、たいへんうれしそうに次《つぎ》のように話《はな》してくれました。先生《せんせい》は、よくわからないことをすなおにたずねる子《こ》どもが大好《だいす》きなのです。

「地上《ちじょう》では、お花《はな》は、人間《にんげん》の目《め》を楽《たの》しませるために植《う》えるのです。ですから、きれいな花《はな》を一《ひと》つの場所《ばしょ》にたくさん植《う》えるようになるのです。

ですが、天国《てんごく》ではちがいます。天国《てんごく》の花《はな》は見《み》せるためにあるのではありません。それぞれの花《はな》がそれぞれの個性《こせい》のままに美《うつく》しくなるように育《そだ》てられているのです。

そして、たいせつなことは、その花《はな》のいちばんの養分《ようぶん》は、人間《にんげん》からいただくやさしい心《こころ》、愛《あい》の心《こころ》だということです。

やさしい心《こころ》で育《そだ》てられれば、お花《はな》はますます美《うつく》しく育《そだ》ちます。もしも人間《にんげん》からやさしくされなくなると、お花《はな》はすぐしおれて、いつのまにか消《き》えてなくなります」

このお話《はなし》を聞《き》いているうちに、ジョンはしだいにうれしさがこみあげてきました。

自分《じぶん》で植《う》えた花《はな》が、自分《じぶん》のやさしい心《こころ》ひとつで、いくらでも美《うつく》しくなってくれるのだと思《おも》うと、うれしくてたまらなかったのです。

第12話　おくびょうな子《こ》ウマ

これは、かわいい子《こ》ウマのお話《はなし》です。ウマたちがこの地上《ちじょう》に住《す》むようになってまもない、そして、体《からだ》が今《いま》よりずっと小《ちい》さかったころのお話《はなし》です。

昔《むかし》むかし、あるところに、ウマの親子《おやこ》が住《す》んでおりました。どうしたわけか、子《こ》ウマは生《う》まれたときから、とてもおくびょうで、自分《じぶん》より大《おお》きい動物《どうぶつ》はもちろんのこと、雨《あめ》が降《ふ》っても、風《かぜ》が吹《ふ》いても、すぐにビクビクとこわがるのでした。

あるときなどは背《せ》の高《たか》い木《き》を見《み》て、この木《き》は倒《たお》れないだろうか、もし倒《たお》れて頭《あたま》の上《うえ》にゴツンと落《お》ちてきたらどうしよう、と考《かんが》えはじめてしまい、そうするともう心配《しんぱい》で心配《しんぱい》でならなくなり、とうとう泣《な》きながらおかあさんにそのことを話《はな》したというくらい、おくびょうなのです。

そんなときおかあさんは、こんなふうに、やさしく言《い》って聞《き》かせるのでした。

「まあまあ、おくびょうだこと。だいじょうぶですよ。木《き》は、土《つち》のずっと深《ふか》いところまで足《あし》を伸《の》ばしているのよ。ですから、けっして倒《たお》れたりなんかしないの」

すると子《こ》ウマは、こんどは食《た》べものの心配《しんぱい》をしはじめました。草《くさ》を食《た》べながら、おかあさんに、こう聞《き》くのです。

「こんなに毎日《まいにち》食《た》べていたら、そのうち、草《くさ》がなくなってしまわないかなあ……。もしなくなってしまったら、ぼくたちはどうするの？」

するとおかあさんは、笑《わら》いながらこう言《い》いました。

「だいじょうぶですよ。神《かみ》さまがちゃんと食《た》べるものをつくってくださいますから」

さて、ある日《ひ》のことです。その親子《おやこ》が、そろって遠《とお》くへ散歩《さんぽ》に出《で》かけました。

子《こ》ウマはうれしくて大《おお》はしゃぎで、おかあさんの先《さき》になったり後《あと》になったりしながら進《すす》みました。あまり走《はし》りまわるので、ときどき、おかあさんから遠《とお》く離《はな》れることがありました。

そんなときです。子《こ》ウマは、ちょろちょろと音《おと》をたてて流《なが》れている小川《おがわ》を見《み》つけました。

子《こ》ウマはそのときまで小川《おがわ》というものを見《み》たことがなかったので、とてもびっくりしました。そして、いちもくさんに逃《に》げだしました。ところがそのときにはもう、おかあさんはその方角《ほうがく》には、いなかったのです……。

さあ、たいへんです。おくびょうな子《こ》ウマは、だんだんこわくなってきました。あせればあせるほど、どんどんこわくなってくるのです。

子《こ》ウマは泣《な》きべそをかきながら、あちらこちらを走《はし》りまわりました。すると、思《おも》ったよりも近《ちか》い場所《ばしょ》で、やっとおかあさんを見《み》つけることができました。

おかあさんのそばに来《き》た子《こ》ウマは、それまでいちども感《かん》じたことのないうれしさを感《かん》じました。

そうして、そのときはじめて「今《いま》までぼくは、なんてつまらないことをこわがっていたんだろう。おかあさんがいなくなることほど、こわくて、さみしいことはないのに……」と思《おも》ったのでした。

そして、それっきり子《こ》ウマは、何《なに》もこわがらなくなったということです。

第13話　コマドリの胸《むね》はなぜ赤《あか》い

この本《ほん》の最初《さいしょ》のお話《はなし》は、小鳥《ことり》たちが神《かみ》さまのお手伝《てつだ》いをして、そのごほうびに、りっぱな〈つばさ〉をいただいたお話《はなし》でしたが、その小鳥《ことり》たちのうちの一羽《いちわ》が、もう一《ひと》つよいことをして、神《かみ》さまからまたすてきなごほうびをいただいたというお話《はなし》をしましょう。

みなさんは、みんなで一《ひと》つの仕事《しごと》をしようとすると、だれか一人《ひとり》、みんなをまとめるリーダー役《やく》の人《ひと》が必要《ひつよう》になってくることを知《し》っているでしょう？

でも、みんなをまとめるということは、とてもむずかしいことです。それでみんな、リーダーになることをいやがるものですが、これからお話《はな》しする小鳥《ことり》は、自分《じぶん》からすすんでその役目《やくめ》をひきうけたのです。

あるとき、小《ちい》さい枝《えだ》や大《おお》きい枝《えだ》、小《ちい》さい石《いし》ころや大《おお》きい石《いし》ころが、あちこちに散《ち》らばって、地上《ちじょう》がとても見《み》ぐるしくなったことがありました。

神《かみ》さまは、そのようすをごらんになって、「なんとかして大《おお》そうじをしなくては……」と思《おも》われ、いろんな動物《どうぶつ》にたのんでみました。しかし、けっきょくこんども、小鳥《ことり》たちがひきうけることになりました。

さて、いよいよ仕事《しごと》にとりかかろうとしたとき、みんな口《くち》ぐちに、こう言《い》いはじめました。

「だれかがリーダーになってくれないかなあ……」

やはり、みんなをまとめてくれる人《ひと》がいたほうが、仕事《しごと》がしやすいのです。しかし、仕事《しごと》をするのは少《すこ》しもいやではないのですが、リーダーになるのは、さすがの小鳥《ことり》たちも、いやなのです。

みんな下《した》をむいて小《ちい》さくなっていると、その中《なか》から一羽《いちわ》が出《で》てきてこう言《い》いました。

「よし、ぼくがひきうけよう。みんなが賛成《さんせい》してくれるのなら」

もちろん、みんな大賛成《だいさんせい》です。さあ、小鳥《ことり》たちは、はりきって仕事《しごと》に取《と》りかかりました。

それからというもの、リーダーになった鳥《とり》は、たいへんな毎日《まいにち》でした。朝《あさ》はまだ夜《よ》が明《あ》けないうちに起《お》きて、朝日《あさひ》がのぼるとすぐにみんなを呼《よ》び起《お》こします。

昼《ひる》は昼《ひる》で、みんなを指揮《しき》しながら自分《じぶん》も仕事《しごと》をしなければなりません。そして夜《よる》になると、いちばんおそくまで起《お》きていて、みんなの世話《せわ》や、後始末《あとしまつ》をしなければなりません。

しかし、その小鳥《ことり》は少《すこ》しもいやな顔《かお》をせず、毎日《まいにち》いっしょうけんめいに自分《じぶん》のつとめをはたしていきました。

もちろん神《かみ》さまは、そのようすを見《み》ておられました。そして、その小鳥《ことり》が、ごほうびのことを少《すこ》しも考《かんが》えていないのを知《し》って、「そうだな、こういう小鳥《ことり》にこそ、ごほうびをあげなくてはいけないな」と考《かんが》えられました。

神《かみ》さまはいろいろと考《かんが》えられた末《すえ》に、「そうそう、あの小鳥《ことり》は、お日《ひ》さまといっしょに起《お》き、お日《ひ》さまといっしょにはたらき、そしてお日《ひ》さまが沈《しず》んでから眠《ねむ》りについている。そうだ、そのお日《ひ》さまの美《うつく》しい色《いろ》で、胸《むね》のあたりをきれいにかざってあげることにしよう」とお考《かんが》えになり、さっそくその小鳥《ことり》の胸《むね》に、お日《ひ》さまの色《いろ》をした赤《あか》い羽根《はね》をつけてあげたのです。

胸《むね》の赤《あか》いコマドリは、こうして生《う》まれたのです。

第14話　ヒバリの歌《うた》

あたたかい春《はる》の日《ひ》ざしをあびながら青空《あおぞら》たかく舞《ま》いあがったヒバリの、あの楽《たの》しそうな歌声《うたごえ》を聞《き》いていると、どんな悲《かな》しみをもった人《ひと》でも、知《し》らず知《し》らず楽《たの》しくなってくるものです。

そこには、こんな楽《たの》しいお話《はなし》があるのです。

昔《むかし》むかし、一羽《いちわ》のヒバリが、野原《のはら》でじっとすわっている少女《しょうじょ》の姿《すがた》を見《み》つけて、そっと近《ちか》づいてみました。

見《み》ると、少女《しょうじょ》は悲《かな》しそうに泣《な》いています。かわいそうに思《おも》ったヒバリは、近《ちか》づいてこうたずねました。

「どうしたの？　なぜ泣《な》いているのですか？」

しかし少女《しょうじょ》は何《なに》も答《こた》えず、いくどたずねても、ただ顔《かお》をふせたまま泣《な》きつづけるのでした。ヒバリは、困《こま》ってしまいました。そしてこう言《い》いました。

「なぜだか、わけを教《おし》えてください。ぼくにできることだったら、どんなことでもしてあげますから……」

ヒバリがそう言《い》うと、少女《しょうじょ》は、「ほんとう？　ヒバリさん」と言《い》って、はじめて顔《かお》をあげました。

「では、心《こころ》がウキウキするような、楽《たの》しい歌《うた》を歌《うた》ってください」

「えっ？　歌《うた》？」

ヒバリはそう言《い》って、とても困《こま》った顔《かお》をしました。

それもそのはずです。そのころのヒバリは、ただチッチッと鳴《な》くだけで、じょうずに歌《うた》を歌《うた》うことはできなかったのです。

「困《こま》ったなあ……。ぼくは、歌《うた》はまるでダメなんです……。でも、いいでしょう。どんなことでもしてあげると言《い》ったんだから、とくべつに神《かみ》さまにおねがいして、じょうずに歌《うた》えるようにしてもらってきます」

そう言《い》うなり、ヒバリは空《そら》たかく舞《ま》いあがり、ぐんぐん小《ちい》さくなっていきました。神《かみ》さまのところへおねがいに行《い》ったのです。

少女《しょうじょ》はヒバリの舞《ま》いあがったほうへ目《め》をやって、静《しず》かに耳《みみ》をすませて待《ま》っておりました。

すると、遠《とお》い遠《とお》い空《そら》のはてから、かすかな歌声《うたごえ》が聞《き》こえてきました。その歌声《うたごえ》はしだいに大《おお》きくなり、やがて少女《しょうじょ》の目《め》にも、楽《たの》しそうにヒバリが舞《ま》う姿《すがた》が見《み》えるようになりました。

ああ、やっぱり、さっきのヒバリです。ヒバリは、同《おな》じ場所《ばしょ》でしばらく歌《うた》いつづけてくれました。

その楽《たの》しそうな歌声《うたごえ》を聞《き》いているうちに、涙《なみだ》にぬれた少女《しょうじょ》の顔《かお》が、しだいに笑顔《えがお》にかわっていきました。

こうしてヒバリは、自分《じぶん》にはできないと思《おも》っていたことを、りっぱに、なしとげることができました。

どうして、こんなことができたのでしょうか？　それは、少女《しょうじょ》のためにと思《おも》って、いっしょうけんめいになったからなのです。

今《いま》でもヒバリは姿《すがた》が見《み》えなくなるまで舞《ま》いあがり、やがてさえずりながら舞《ま》いおりてきますね。みなさんも、人《ひと》のためになることに、いっしょうけんめいになりましょう。きっと神《かみ》さまが、すばらしい力《ちから》をさずけてくださいますよ。

第15話　よい心《こころ》がけ

ジョンが天国《てんごく》の保育園《ほいくえん》へ来《き》たのは九歳《きゅうさい》の時《とき》でしたが、ローズマリーは赤《あか》ちゃんの時《とき》に来《き》たので、地上《ちじょう》の思《おも》い出《で》がありません。

でも二人《ふたり》はなかよしで、よく地上《ちじょう》の生活《せいかつ》と天国《てんごく》の生活《せいかつ》とをくらべて、そのちがいを話《はな》しあうことがあります。

今日《きょう》もそっと保育園《ほいくえん》をのぞいてみると、二人《ふたり》はなかよく、何《なに》かを話《はな》しあっています。何《なん》の話《はなし》をしているのでしょう？

近《ちか》づいて聞《き》いてみると、ジョンがこんなことを言《い》っています。

「地上《ちじょう》では、ぼくなんか、お正月《しょうがつ》になるたびに『今年《ことし》こそは、よいことをしよう』と決心《けっしん》していたけれど、この天国《てんごく》ではそんなことをしなくてもいいよね。だって、みんないい人《ひと》ばかりだし、苦《くる》しいことや悲《かな》しいことなんか、一《ひと》つもないんだもの」

どうやら二人《ふたり》は、よい心《こころ》がけが必要《ひつよう》かどうかを話《はな》しあっているようです。

ジョンの意見《いけん》を聞《き》いたローズマリーは、ほんとうに天国《てんごく》では、ジョンが言《い》うように、よいことをしようという決心《けっしん》はいらないのかしらと考《かんが》えました。そこで二人《ふたり》は、いつものように、先生《せんせい》に聞《き》いてみることにしました。

先生《せんせい》は、いつものようにニコニコしながら、こんな話《はなし》をされました。

「たしかにジョンくんが言《い》うように、この保育園《ほいくえん》には、苦《くる》しいことも悲《かな》しいことも、また悪《わる》い人《ひと》もこわい動物《どうぶつ》もいませんね。

でも、それは、みなさんが、神《かみ》さまがつくられたもの、たとえば動物《どうぶつ》や植物《しょくぶつ》、あるいは地上《ちじょう》でいま生活《せいかつ》しているお友《とも》だちなどと、なかよしになってもらうためなのです。やさしい心《こころ》で、みんながなかよくなるためなのです。そうして、みんながなかよくなれたら、こんどは神《かみ》さまは、みなさんがもっともっと強《つよ》い、りっぱな人間《にんげん》になれるように、いろいろと苦《くる》しいことや難《むずか》しいことをお与《あた》えになるのです。

そのときには、みなさんはこの保育園《ほいくえん》を卒業《そつぎょう》して、もっと広《ひろ》い国《くに》へ行《い》くことになります。みなさんがりっぱになったかどうかは、年齢《ねんれい》で決《き》められるのではありません。どれだけよいことをしたかで決《き》まるのです。

ですから、一日一日《いちにちいちにち》がたいせつなのです。お正月《しょうがつ》だけよい決心《けっしん》をしてもだめなのです。自分《じぶん》でよいことだと思《おも》ったことがすぐに実行《じっこう》できるようにいつも神《かみ》さまにお祈《いの》りしましょうね。そうすれば、きっと神《かみ》さまは、すばらしい力《ちから》をさずけてくださり、みなさんは、その力《ちから》で、お友《とも》だちをしあわせにしてあげられることでしょう」

第16話　人《ひと》のためになること

今日《きょう》も保育園《ほいくえん》では、先生《せんせい》の大事《だいじ》なお話《はなし》がありました。

もちろんジョンとローズマリーも、お友《とも》だちといっしょに聞《き》きました。

今日《きょう》のお話《はなし》は、みんなで楽《たの》しい生活《せいかつ》をおくるにはどうしたらよいかということでした。

先生《せんせい》は、そのためには、いつもやさしい心《こころ》と、人《ひと》のためによいことをしてあげようという心《こころ》がけがたいせつであること、そして、どういう心《こころ》がけがほんとうに美《うつく》しいのかを知《し》ることのたいせつさを話《はな》されました。

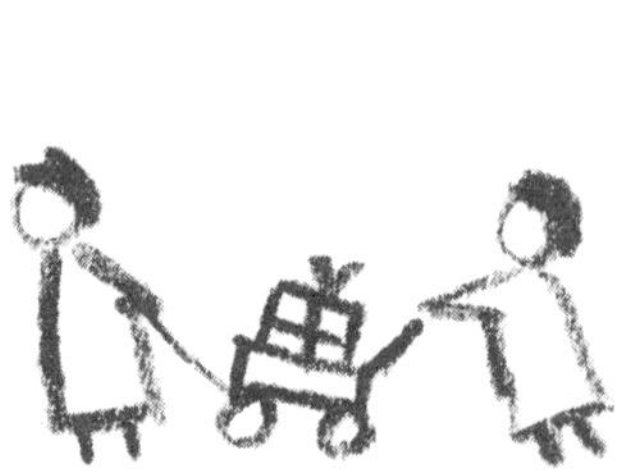

先生《せんせい》のお話《はなし》を聞《き》いているうちに、ジョンは、何《なに》か人《ひと》のためになることをしてみたいなと思《おも》うようになりました。

お話《はなし》のあと、ジョンはそのことをローズマリーに話《はな》しました。

「わたしもそう思《おも》っていたのよ」

ローズマリーも、すぐに賛成《さんせい》してくれました。そこで二人《ふたり》は手《て》をつないで先生《せんせい》のところへ行《い》き、こんなふうに、おねがいをしてみました。

「先生《せんせい》、わたしたち二人《ふたり》に、何《なに》か親切《しんせつ》なことをさせてください」

「それはたいへんよいことですね」

先生《せんせい》はそう言《い》って、二人《ふたり》を、ある病院《びょういん》へつれていってくれました。

病院《びょういん》といっても、地上《ちじょう》の病院《びょういん》とはだいぶちがいます。天国《てんごく》には病気《びょうき》も事《じ》故《こ》もありません。そのかわり、地上《ちじょう》での病気《びょうき》や事故《じこ》で亡《な》くなった人《ひと》が、つぎつぎに天国《てんごく》にやってきます。そういう人《ひと》のほとんどは、天国《てんごく》のことを何《なに》も知《し》らないで来《く》るので、とまどってしまいます。天国《てんごく》の病院《びょういん》は、そういう人《ひと》たちをつれてきて、心《こころ》をおちつかせたり、天国《てんごく》についてのお話《はなし》をしてあげるところなのです。

さて先生《せんせい》は、ジョンとローズマリーを一人《ひとり》のかわいい坊《ぼう》やのそばにつれてきました。

その坊《ぼう》やは、三歳《さんさい》のときに交通事故《こうつうじこ》にあい、あっというまに天国《てんごく》につれてこられたのです。

そして、おとうさんもおかあさんも見《み》あたらず、そのうえ、見《み》るものが何《なに》もかもちがっているので、泣《な》いてばかりいるのです。

二人《ふたり》は、坊《ぼう》やが泣《な》いてばかりいる姿《すがた》を見《み》ているうちに、かわいそうになり、なんとかしてあげなくては、と思《おも》いはじめました。

そこで二人《ふたり》は、坊《ぼう》やのそばにすわって、いっしんに神《かみ》さまにお祈《いの》りをしました。二人《ふたり》の心《こころ》の中《なか》は、坊《ぼう》やをしあわせにしてあげたい気持《きも》ちでいっぱいでした。

すると不思議《ふしぎ》なことがおこりました。三人《さんにん》のいる部屋《へや》が、いつのまにか、地上《ちじょう》の坊《ぼう》やの部屋《へや》に変《か》わっているのです

よく見《み》ると、ベッドの上《うえ》に、ぬいぐるみのクマが乗《の》っていました。それを見《み》て二人《ふたり》はすぐに、この坊《ぼう》やはクマのぬいぐるみをほしがっていたのだとわかりました。

親切《しんせつ》な心《こころ》をもった二人《ふたり》のために、神《かみ》さまが坊《ぼう》やの心《こころ》の中《なか》を見《み》せてくださったのにちがいありません。

二人《ふたり》はすぐさま病院《びょういん》を出《で》て、近《ちか》くに住《す》んでいる、ぬいぐるみをつくるのがとてもじょうずなおじさんのところへ行《い》き、ぬいぐるみの形《かたち》を説明《せつめい》して、いっときも早《はや》く、それと同《おな》じものをつくってくださいとおねがいしました。

おじさんは、よろこんでひきうけてくれ、すぐにそっくりのぬいぐるみをつくってくれました。二人《ふたり》は大急《おおいそ》ぎでそれを坊《ぼう》やのところへ持《も》っていきました。

坊《ぼう》やは大《おお》よろこびでした。やっぱり坊《ぼう》やは、クマのぬいぐるみがほしかったのです。

すっかりきげんをなおした坊《ぼう》やは、うれしそうにジョンとローズマリーといっしょに外《そと》へ出《で》て、一日《いちにち》じゅうたのしく遊《あそ》んだのでした。

神《かみ》さまが坊《ぼう》やの心《こころ》の中《なか》をお見《み》せになったのも、おじさんが、よろこんで

ぬいぐるみをつくってくれたのも、みんな、ジョンとローズマリーが先生《せんせい》のお話《はなし》のとおりに、親切《しんせつ》な心《こころ》で人《ひと》のためになることをしようと、いっしんに祈《いの》ったからでした。

第17話　天国《てんごく》のお花《はな》づくり

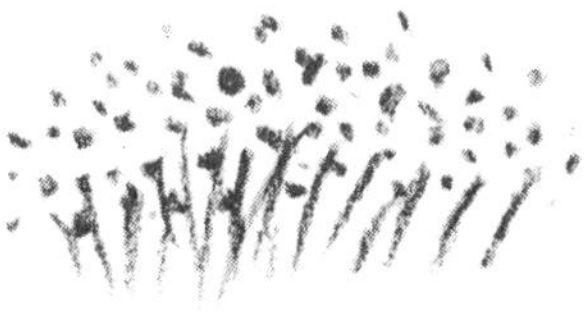

ある日《ひ》、ジョンとローズマリーは、お花畑《はなばたけ》の近《ちか》くを歩《ある》いておりました。そのお花畑《はなばたけ》は、地上《ちじょう》にいたときから花《はな》が大好《だいす》きだった人《ひと》が育《そだ》てているものです。

二人《ふたり》は、咲《さ》きほこっているきれいな花《はな》を見《み》ながら歩《ある》いているうちに、ふと、中《なか》でもいちばん背《せ》が高《たか》く、そしていちばんきれいな花《はな》に気《き》がつきました。

その美《うつく》しさといったら、それはそれはすばらしく、ちょうど朝日《あさひ》に輝《かがや》きながら流《なが》れる川《かわ》のせせらぎのように、次《つぎ》から次《つぎ》へと美《うつく》しさがわき出《で》てくるようでした。

二人《ふたり》はすっかりその花《はな》に見《み》とれてしまいました。そしてローズマリーは「こんな花《はな》が、わたしのお花畑《はなばたけ》にもあったらなあ」と思《おも》いました。

ちょうどローズマリーがそう思《おも》ったとき、ジョンのほうでは、「こんなきれいな花《はな》をローズマリーちゃんにプレゼントできたらなあ」と思《おも》っていました。

そこでジョンは、さっそくそのお花畑《はなばたけ》の持《も》ち主《ぬし》のところへ行《い》って、すなおにおねがいしてみました。その人《ひと》は、とても親切《しんせつ》な人《ひと》でした。

「ああ、いいですとも、いいですとも」

そう言《い》いながら、その花《はな》と同《おな》じ苗《なえ》を紙《かみ》に包《つつ》んでくれました。

ジョンからこの苗《なえ》をもらったローズマリーは、大《おお》よろこびで保育園《ほいくえん》へ持《も》って帰《かえ》り、すぐに自分《じぶん》のお花畑《はなばたけ》に植《う》えました。ジョンも手伝《てつだ》いました。

何日《なんにち》かたち、その苗《なえ》は芽《め》を出《だ》してすくすくと大《おお》きくなっていきました。

二人《ふたり》は、おじさんのお花畑《はなばたけ》で見《み》たあのきれいな花《はな》を心《こころ》にうかべながら、早《はや》く大《おお》きくなれ、もっと大《おお》きくなれ、と心《こころ》の中《なか》で思《おも》うのでした。

ところが、どうしたことでしょう。その苗《なえ》は、ふつうの花《はな》と同《おな》じくらいの高《たか》さまで成長《せいちょう》すると、それ以上《いじょう》は大《おお》きくならないのです。そのうえ、花《はな》も咲《さ》きません。

ジョンとローズマリーは、だんだんおもしろくなくなってきました。どんなに手入《ていい》れをしてあげても、だめなのです。

そこで二人《ふたり》は、いつものように先生《せんせい》のところに行《い》って、そのわけを教《おし》えてもらうことにしました。

教《おそ》わってみると、そのわけは、ほんとうにかんたんなことでした。先生《せんせい》はこんなお話《はなし》をされたのです。

「この天国《てんごく》でする仕事《しごと》は、それが、ものをつくることでも、音楽《おんがく》を作曲《さっきょく》することでも、あるいはそのおじさんのようにお花《はな》を育《そだ》てることであっても、ほんとうにこの仕事《しごと》が好《す》きだという気持《きも》ちが心《こころ》の奥《おく》からわいてくるようでなければ、けっしてうまくいかないのです。

そして、できあがったものは、自分《じぶん》の心《こころ》でつくったものですから、それはその人《ひと》の性格《せいかく》の一部《いちぶ》と同《おな》じものになるのです。

二人《ふたり》がお花畑《はなばたけ》で見《み》たその美《うつく》しい花《はな》は、それを育《そだ》てている人《ひと》の美《うつく》しい心《こころ》によって育《そだ》てられたものであり、その人《ひと》の心《こころ》の一部《いちぶ》がその美《うつく》しい花《はな》となってあらわれたことになるのです。その美《うつく》しさには、その人《ひと》が神《かみ》さまに感謝《かんしゃ》している気持《きも》ちが、そのままあらわれているのですよ」

二人《ふたり》は、「なるほど」と思《おも》いました。先生《せんせい》のお話《はなし》がよくわかりました。

二人《ふたり》はさっそく保育園《ほいくえん》を出《で》てそのお花畑《はなばたけ》へ行《い》き、今《いま》までのことを、その持《も》ち主《ぬし》のおじさんに話《はな》しました。

するとおじさんは、苗《なえ》が大《おお》きくならないということを聞《き》いて、たいへんかわいそうに思《おも》い、こう約束《やくそく》してくれました。

「では、これからはわたしも、お二人《ふたり》の心《こころ》と一《ひと》つになって、あの苗《なえ》を大《おお》きくしてあげましょう」

不思議《ふしぎ》なことに、そう約束《やくそく》してくれてからは、苗《なえ》はみるみる大《おお》きくなり、やがてつぼみが出《で》て、きれいな花《はな》を咲《さ》かせました。

二人《ふたり》はうれしくてたまりませんでした。ところが、そのうちまた不思議《ふしぎ》なことに気《き》がつきました。

それは、その花《はな》だけが、ほかの花《はな》から仲間《なかま》はずれにされているように見《み》えてきたことです。

その花《はな》をじっと見《み》つめていると、なんとなく「ここでは、おちつきません……」と言《い》っているみたいな感《かん》じをうけるのです。

二人《ふたり》には、そのわけがすぐにわかりました。その花《はな》は、もともと、あのお花畑《はなばたけ》のおじさんがつくったものです。だから、やっぱり最初《さいしょ》に育《そだ》ててくれた人《ひと》のお花畑《はなばたけ》に帰《かえ》りたがっているのです。二人《ふたり》は、きっとそうにちがいないと思《おも》いました。

こうして二人《ふたり》は、とてもたいせつなことを学《まな》ぶことができました。みなさんにもわかりますね？　そうです。わたしたちは、ほかの人《ひと》が心《こころ》をこめてつくりあげたものを、自分《じぶん》のものにすることはできないということです。それはもう、その人《ひと》の心《こころ》の一部《いちぶ》となっているからです。

第18話　ほんとうのお正月《しょうがつ》

みなさんは、新《あたら》しい年《とし》のはじめは好《す》きですか？　身《み》も心《こころ》もあらたまって、よし今年《ことし》もがんばるぞ、という気持《きも》ちになりますよね。

でも、ほんとうの新年《しんねん》というのは、一月《いちがつ》ではなく、春《はる》さきの三月《さんがつ》ごろではないのでしょうか？　なぜかと言《い》うと、そのころになると、冬《ふゆ》のあいだずっと眠《ねむ》っていた草《くさ》や木《き》が新《あたら》しい芽《め》を出《だ》しはじめ、動物《どうぶつ》たちも光《ひかり》を求《もと》めて元気《げんき》に活動《かつどう》しはじめるからです。野山《のやま》も、ほんとうに生《い》きかえったように見《み》えます。

みなさんは、さきほどの「ミツバチとチョウ」のお話《はなし》をおぼえていますか？　はじめ地上《ちじょう》の枯《か》れ葉《は》ばかり食《た》べていたイモムシが、神《かみ》さまの言《い》いつけを守《まも》ってよく働《はたら》いたので、ごほうびとして、木《き》の枝《えだ》にのぼって好《す》きな葉《は》を食《た》べることを許《ゆる》されたお話《はなし》でしたね。

しかし、じつは、そのイモムシも、自分《じぶん》の仕事《しごと》がおもしろくなくなり、いやになることが、たびたびあったのです。

「どうしてぼくは、こんなにノロノロとした生活《せいかつ》ばかりしているんだろう……」

イモムシはそう思《おも》って、たのしくない気持《きも》ちになることが、たびたびありました。

そんなある日《ひ》のこと、きれいなチョウがやってきて、こんなことを言《い》いました。

「そんなわがままを言《い》っては、神《かみ》さまにしかられますよ」

それからチョウは、イモムシの生活《せいかつ》にも、感謝《かんしゃ》することがたくさんあるということを話《はな》して聞《き》かせました。

しかし、イモムシはなかなか気《き》が晴《は》れません。そこで、チョウはさらに次《つぎ》のような話《はなし》を聞《き》かせました。

「あのね、イモムシさん、今《いま》のあなたの生活《せいかつ》は、ほんとうにたいくつそうだけど、今《いま》にすばらしい日《ひ》が来《く》るわよ。もう少《すこ》しすると、イモムシさんはだんだん眠《ねむ》くなってきて、そのうちぐっすり寝《ね》てしまうの。そして、こんど目《め》がさめたときは、ほら、わたしのように、こんなきれいな羽《はね》をもらって、花《はな》から花《はな》へ花粉《かふん》をはこぶ仕事《しごと》をすることになるのよ。とってもすてき

なお仕事《しごと》よ」

チョウはどうやら、イモムシにとっての新年《しんねん》のお話《はなし》をしてあげたみたいですね。

この話《はなし》を聞《き》いてイモムシは、やっとうれしそうな顔《かお》をして、また自分《じぶん》のいつもの仕事《しごと》に取《と》りかかりました。

わたしたち人間《にんげん》にも、同《おな》じような、ほんとうの新年《しんねん》があるのです。みなさんはまだ子《こ》どもですが、そのうちみんな大人《おとな》になり、やがておじいさんやおばあさんになって、このイモムシと同《おな》じように、ぐっすり眠《ねむ》るときが来《く》るのです。

やがて目《め》をさますと、そのときはもう、地上《ちじょう》よりもずっと美《うつく》しい、そして、地上《ちじょう》とはくらべものにならないほど自由《じゆう》な、天国《てんごく》に生《う》まれているのです。そして、そこでまた、新《あたら》しい仕事《しごと》や勉強《べんきょう》をはじめるのです。

　こういうことを知《し》ると、今《いま》の地上《ちじょう》での生活《せいかつ》も、とてもたいせつなものであることがわかりますね。毎日《まいにち》の生活《せいかつ》の中《なか》で自分《じぶん》をみがいておき、やがて〈新年《しんねん》〉が明《あ》けて天国《てんごく》へめざめたとき、しぜんに新《あたら》しい生活《せいかつ》になじめるように、今《いま》から準備《じゅんび》しておかないといけないのです。

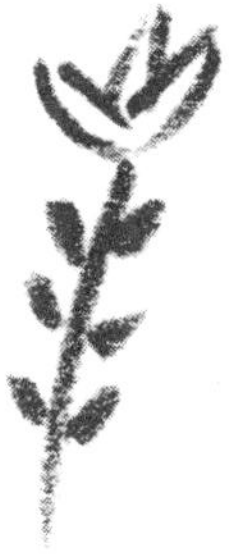

第19話　自分《じぶん》たちの力《ちから》で

ジョンとローズマリーも、そろそろ自分《じぶん》ひとりの力《ちから》で物《もの》をつくることを学《まな》ぶ時期《じき》がきました。二人《ふたり》は先生《せんせい》につれられて、花《か》びんやお皿《さら》をつくっている陶芸家《とうげいか》のおじさんの家《いえ》に行《い》きました。

家《いえ》の中《なか》には、それまでにお友《とも》だちがつくった花《か》びんやお皿《さら》などが、たくさんならべてありました。どれを見《み》ても、少《すこ》しもかざりたてていないのに、じっと見《み》ていると、一《ひと》つひとつがほんとうに美《うつく》しく見《み》えてくるのでした。

陶芸家《とうげいか》のおじさんは、まずはじめに、どうすればねんどが自分《じぶん》の思《おも》うような形《かたち》になるか、ということについて、すこしだけ説明《せつめい》をして、「あとは自分《じぶん》でやってごらんなさい」と言《い》って二人《ふたり》を残《のこ》して部屋《へや》を出《で》て行《い》きました。

それからしばらくしておじさんが部屋《へや》へもどってみると、ジョンもローズマリーも、まだ何《なに》もつくれていませんでした。少《すこ》しつくりかけては、すぐにこわしているのです。

不思議《ふしぎ》に思《おも》ったおじさんは、少《すこ》しはなれたところから、二人《ふたり》のつくるようすを見《み》つめていました。

二人《ふたり》がなぜうまくいかないか、おじさんにはすぐにわかりました。それは、最初《さいしょ》から、まわりにあるりっぱな作品《さくひん》と同《おな》じものをつくろうとしているからでした。そこでこう言《い》いました。

「さあ、今日《きょう》はこれでやめにしましょう。ねんどをあげますから、保育園《ほいくえん》に持《も》って帰《かえ》って、はじめからつくりなおしてごらんなさい」

二人《ふたり》はよろこんで保育園《ほいくえん》に帰《かえ》り、またはじめからつくりはじめました。

そして二人《ふたり》が自分《じぶん》の作品《さくひん》をかかえて得意《とくい》そうにおじさんの家《いえ》を訪《おとず》れたのは、それからまもなくのことでした。

おじさんが見《み》てみると、こんどはなかなかじょうずにできています。なぜでしょうか?

それは、さっきは、自分《じぶん》よりじょうずな人《ひと》がつくったものを、いきなりまねようとしていましたが、こんどはまねしないで、自分《じぶん》ひとりで、いっしょうけんめいつくったからです。

また、こんどは二人《ふたり》ともおたがいにまったくちがったものをつくっていました。それがほんとうなのです。なぜかと言《い》うと、ジョンもローズマリーも、それぞれ自分《じぶん》の考《かんが》えで作品《さくひん》をつくったからです。

陶芸家《とうげいか》のおじさんは、それを見《み》て、とてもよろこびました。

「これで、ジョンくんもローズマリーちゃんも、自分《じぶん》ひとりで生《い》きていくということを学《まな》んでくれた」

おじさんは、そう思《おも》って、安心《あんしん》したのです。

このお話《はなし》が教《おし》えていることは、天国《てんごく》だけのことではありません。地上《ちじょう》にいるわたしたちの生活《せいかつ》においても、たいせつなことなのです。

お友《とも》だちの作品《さくひん》からよいところを学《まな》ぶことはたいせつですが、ぜんぶをまねてしまってはいけません。自分《じぶん》の力《ちから》で自分《じぶん》のものをつくるように心《こころ》がけましょう。

第20話　スズメはなぜ、どこにでもいるの？

わたしたち人間《にんげん》が住《す》んでいるところには、かならずスズメがいますね。ですが、正直《しょうじき》に言《い》って、スズメはあまり美《うつく》しい鳥《とり》というわけではありません。そしてその昔《むかし》、スズメたちも、自分《じぶん》たちの羽根《はね》があまりきれいでないことを、とても気《き》にしたことがあったのです。

あるとき、おおぜいのスズメが一本《いっぽん》の木《き》の枝《えだ》に集《あつ》まって、みんなで相談《そうだん》をしたことがありました。相談《そうだん》というのは、ほかでもありません、どうすればもっと美《うつく》しくなれるのか、ということでした。

スズメたちは、しんけんに考《かんが》えました。めいめいのスズメから、いろんな案《あん》が出《だ》されました。ですが、最後《さいご》にみんなが決《き》めたことは、じつはこんなことでした。

「わたしたちスズメが、ほかの小鳥《ことり》にくらべてあまり美《うつく》しくないことは、よく知《し》っている。しかし、だからといって少《すこ》しも気《き》にすることはない。美《うつく》しい羽根《はね》を持《も》っていなくても、美《うつく》しい心《こころ》でりっぱな仕事《しごと》をすればよいではないか。そこで、わたしたちスズメは、これからはもっと人間《にんげん》に親《した》しく近《ちか》づき、明《あか》るくさえずって、人間《にんげん》がわたしたちのおかげで楽《たの》しい気分《きぶん》になれるようにつとめようではないか。そうすれば人間《にんげん》も、わたしたちの羽根《はね》があまり魅力的《みりょくてき》でないことを気《き》にしなくなるはずだ」

こうしてスズメたちが相談《そうだん》しあっているようすをごらんになっていた神《かみ》

さまは、スズメたちのそのりっぱな心《こころ》がけを、たいへんよろこばれました。

そこで、そのごほうびとして、スズメだけは、世界《せかい》じゅうのどこにでも、寒《さむ》いところでも暑《あつ》いところでも住《す》めるように、そして人間《にんげん》を楽《たの》しませ、家《いえ》の中《なか》へでも入《はい》っていけるような親《した》しみやすい鳥《とり》にしてあげたのです。

このお話《はなし》は、何《なに》を教《おし》えているのでしょう？　そうです。神《かみ》さまは、顔《かお》がきれいだとかスタイルがいいだとかいうことよりも、美《うつく》しい心《こころ》をいちばんよろこばれるということです。

みなさんも、このスズメたちのように、いつも明《あか》るい心《こころ》で人《ひと》と接《せっ》するように心《こころ》がけましょう。そうすれば、きっとみなさんも、人《ひと》から明《あか》るく歓迎《かんげい》されることでしょう。

第21話　クリスマスのおくりもの

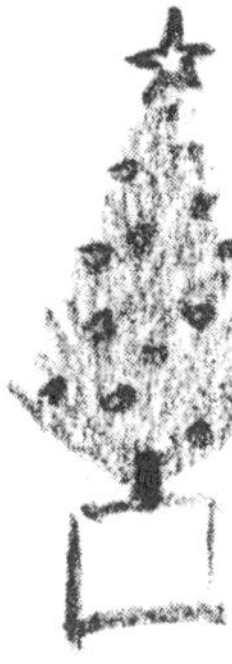

クリスマスは天国《てんごく》の保育園《ほいくえん》でもたいへん楽《たの》しい日《ひ》です。なかよしのお友《とも》だちが、おたがいに心《こころ》をこめたプレゼントを交換《こうかん》して、みんなでお祝《いわ》いをするのです。

もちろんそのプレゼントは、お金《かね》で買《か》ってくるのではありません。ぜんぶ自分《じぶん》たちでつくるのです。あたたかい、やさしい心《こころ》をこめて、いっしょうけんめいにつくるのです。

ですから、どの品物《しなもの》にも、その人《ひと》の性格《せいかく》があらわれており、だからこそ、たいせつなおくりものになるのです。

さて、ジョンとローズマリーは、こんどのクリスマスには先生《せんせい》におくりものをして、びっくりさせてあげようと考《かんが》えました。そして、二人《ふたり》で相談《そうだん》して、花《はな》びらや石《いし》ころを使《つか》って、いま二人《ふたり》が住《す》んでいる家《いえ》の絵《え》をかくことに決《き》めました。

そう決《き》めると、二人《ふたり》はさっそく材料《ざいりょう》を集《あつ》めに行《い》きました。砂《すな》や石《いし》ころ、葉《は》っぱ、それに、いろんな種類《しゅるい》の花《はな》がすぐに集《あつ》まりました。

二人《ふたり》はついこのあいだ、ねんどで作品《さくひん》をつくることをならったばかりなので、物《もの》をつくることは、とてもじょうずにできるのです。

まもなく、二人《ふたり》がいま住《す》んでいる小《ちい》さな家《いえ》とそのまわりの庭《にわ》にそっくりな絵《え》が、できあがりました。

to Teacher

Merry X'mas
from
John & Rosemary

さて、いよいよ待《ま》ちに待《ま》った楽《たの》しいクリスマスの日《ひ》になりました。二人《ふたり》は、その絵《え》を持《も》って先生《せんせい》のところへ行《い》きました。

そのとき先生《せんせい》は、近《ちか》くの土手《どて》に出《で》て、すがすがしい空気《くうき》をすっていました。二人《ふたり》が得意《とくい》そうに絵《え》をさしだすと、先生《せんせい》の顔《かお》がよろこびでいっぱいになりました。ひと目見《めみ》ただけで、二人《ふたり》のまごころがわかったのです。

先生《せんせい》は心《こころ》からのお礼《れい》を言《い》いました。そして、「では、こんどは先生《せんせい》からのおくりものよ」と言《い》って、二人《ふたり》に新《あたら》しい服《ふく》をくれました。

ところが、二人《ふたり》ともあまりうれしそうではありません。二人《ふたり》は、もっとちがうものがほしかったのです。

先生《せんせい》はすぐに、二人《ふたり》の心《こころ》に気《き》がつきました。

「では、もう一《ひと》つ、これをプレゼントしましょう」

そう言《い》って、土手《どて》に咲《さ》いていた花《はな》をつんで、ローズマリーにわたしました。しかし、それでもまだ、ローズマリーは満足《まんぞく》そうな顔《かお》をしません。

すると、先生《せんせい》がこう言《い》いました。

「先生《せんせい》が花《はな》をプレゼントしたのは、世界《せかい》じゅうで花《はな》こそが、美《うつく》しさと完全《かんぜん》さをいちばんよくあらわしているものだからよ。こんなにすてきなおくりものはないと思《おも》うんだけど……」

この言葉《ことば》を聞《き》いて、ジョンも花《はな》がほしくなりました。

「先生《せんせい》、ぼくにも一本《いっぽん》ください」

ジョンがそうおねがいすると、先生《せんせい》はこう言《い》いました。

「いいえ、その花《はな》は二人《ふたり》にあげたのですよ。神《かみ》さまからのおくりものですから、二人《ふたり》でなかよく分《わ》けあわなくてはいけないのです。花《はな》だけではなく、神《かみ》さまがつくられたものは、なんでもみんなで分《わ》けあわなくてはいけません。『これは自分《じぶん》だけのものだ』と言《い》って、一人《ひとり》じめにするのはいけないのです。神《かみ》さまはいつでも、みなさんぜんぶのしあわせを祈《いの》っておられるのですからね」

このお話《はなし》を聞《き》いて、二人《ふたり》の不満《ふまん》はいっぺんに消《き》えてしまいました。そして、二人《ふたり》の心《こころ》は、先生《せんせい》の教《おし》えで、あたたかく大《おお》きくふくらんでいくのでした。

第22話　夢《ゆめ》の中《なか》のお友《とも》だち

これまでのお話《はなし》の主人公《しゅじんこう》、ジョンとローズマリーは天国《てんごく》の子《こ》どもですね。しかし、次《つぎ》に出《で》てくるパメラという女《おんな》の子《こ》は、まだ地上《ちじょう》にいる子《こ》どもです。そのパメラが、天国《てんごく》のジョンとローズマリーの二人《ふたり》と夢《ゆめ》の中《なか》で遊《あそ》ぶという、不思議《ふしぎ》なお話《はなし》です。

ある日《ひ》のこと、パメラにとって、かわいそうなことがおこりました。パメラが家族《かぞく》と住《す》んでいる地方《ちほう》が、暑《あつ》すぎて体《からだ》によくないというので、パメラだけが、遠《とお》いところにある親戚《しんせき》のおばさんの家《いえ》にあずけられることになったのです。

おばさんはとても親切《しんせつ》で、子《こ》どもの世話《せわ》がたいへん好《す》きな人《ひと》でしたが、パメラが悪《わる》いことをして近所《きんじょ》の人《ひと》から悪口《わるぐち》を言《い》われては困《こま》ると思《おも》ったので、ああしてはいけません、こうしてはいけませんと、やかましく言《い》いつけました。

それでパメラは、したいことができなくなってしまいました。それだけではありません。パメラはまだ小《ちい》さくて学校《がっこう》へは行《い》けず、それに、遠《とお》くから来《き》たばかりなので、近所《きんじょ》には遊《あそ》び友《とも》だちが一人《ひとり》もいないのです。

かわいそうに、パメラはいつも一人《ひとり》ぼっちで、さみしそうにしているのでした。

そのパメラに、とうとうしあわせな日《ひ》がやってきました。ある日《ひ》、天国《てんごく》の保育園《ほいくえん》の先生《せんせい》が、このかわいそうなパメラを見《み》つけたのです。

先生《せんせい》は、天国《てんごく》の子《こ》どもだけを世話《せわ》しているのではありません。かわいそうな子《こ》や困《こま》っている子《こ》は、それが地上《ちじょう》の子《こ》どもであっても、同《おな》じように世《せ》話《わ》をしてあげるのです。

パメラが一人《ひとり》ぼっちでさみしそうにしていることを知《し》った先生《せんせい》は、ジョンとローズマリーを呼《よ》んで、パメラの遊《あそ》び相手《あいて》になってあげるようにおねがいしました。

もちろん二人《ふたり》は、よろこんでひきうけました。そして、地上《ちじょう》に夜《よる》が来《き》てパメラが体《からだ》からぬけ出《だ》したころ、二人《ふたり》は先生《せんせい》の案内《あんない》でパメラの部屋《へや》へ行《い》き、彼女《かのじょ》の夢《ゆめ》の中《なか》で三人《さんにん》なかよく遊《あそ》ぶのでした。

こんな夜《よる》が幾日《いくにち》かつづくうちに、パメラはすっかり元気《げんき》になり、もとの

明《あか》るいよい子《こ》になりました。

そして、ほっぺがリンゴのように赤《あか》く、目《め》もとのぱっちりした、かわいらしい女《おんな》の子《こ》になったということです。

第23話　わがままなエリザベス

天国《てんごく》の保育園《ほいくえん》に、エリザベスという一〇歳《じゅっさい》の女《おんな》の子《こ》が入《はい》ってきました。

エリザベスは地上《ちじょう》にいたころ、たいへんなお金持《かねも》ちの家《いえ》で育《そだ》ち、ほしいものはなんでも買《か》ってもらうことができましたので、すこしわがままなところがあります。

保育園《ほいくえん》に来《き》てからも、地上《ちじょう》にいたときと同《おな》じように、ぜんぶのお友《とも》だちが自分《じぶん》をいちばん大事《だいじ》にしてくれて、なんでも思《おも》うとおりにしてくれると思《おも》っていました。

保育園《ほいくえん》のお友《とも》だちも、エリザベスがそういう子《こ》であることを知《し》っていました。もちろん先生《せんせい》も知《し》っていました。

でも、わがままは、少《すこ》しづつなおしていかなければなりません。いっぺんになおそうとすると、ますます悪《わる》くなってしまうことがあるからです。

そこで先生《せんせい》は、みんなにこう言《い》いました。

「しばらくのあいだは、なんでもエリザベスちゃんの言《い》うとおりにしてあげましょうね」

さて、ある日《ひ》のことです。ジョンとローズマリーは、自分《じぶん》たちのお花畑《はなばたけ》にエリザベスをつれていってあげました。

そのお花畑《はなばたけ》は、二人《ふたり》がお花《はな》づくりの専門家《せんもんか》に教《おそ》わりながら、いっしょうけんめいに育《そだ》ててきたものです。

ジョンとローズマリーは得意《とくい》になって、エリザベスにいろいろと自慢《じまん》をして聞《き》かせました。すると、エリザベスはすぐに「このお花畑《はなばたけ》がほしい」と言《い》いだしました。

これにはジョンもローズマリーも、びっくりしました。そして、困《こま》ってしまいました。天国《てんごく》の子《こ》どもは、けっして他人《たにん》のものを自分《じぶん》のものにしようとしないからです。

二人《ふたり》はすぐに「だめだよ！」と言《い》いかけましたが、そう言《い》ってしまうと、なんだか自分《じぶん》たちのほうが欲《よく》ばりのような気《き》がするので、だまって、しばらく考《かんが》えこんでしまいました。

しかし、なかなかよい考《かんが》えがうかびません。そこで二人《ふたり》は、いつものように、先生《せんせい》にどうしたらいいかを聞《き》きに行《い》きました。

すると先生《せんせい》は、こう言《い》いました。

「では、お花畑《はなばたけ》の半分《はんぶん》を、エリザベスちゃんにあげることにしてはどうかしら？」

そこで、言《い》われたとおり二人《ふたり》は、お花畑《はなばたけ》の半分《はんぶん》をエリザベスにわけてあげました。しかし、もともとエリザベスは、自分《じぶん》でお花《はな》を育《そだ》てるつもりで欲《ほ》しがったのではありません。そのことは、エリザベスにわけてあげた畑《はたけ》の花《はな》が、みるみるうちにしおれていくことで、よくわかりました。天国《てんごく》の花《はな》は、心《こころ》からたいせつにしてあげようとするやさしい心《こころ》がなければ、一日《いちにち》も生《い》きていけないのです。

でも、エリザベスには、そのやさしい心《こころ》が少《すこ》しもなかったのです。ただ花《はな》を見《み》て、きれいだなと思《おも》うだけなのです。それで、エリザベスの畑《はたけ》の花《はな》が、だんだんしおれていったのです。

お花《はな》がすっかり枯《か》れてしまったとき、はじめてエリザベスは、なぜ自分《じぶん》の畑《はたけ》の花《はな》だけが枯《か》れて、ジョンとローズマリーの畑《はたけ》の花《はな》がいつも生《い》き生《い》きとしているのかを考《かんが》えはじめました。そして、そのことをローズマリーに聞《き》いてみました。

ローズマリーは、天国《てんごく》のお花《はな》は、育《そだ》てる人《ひと》のやさしい心《こころ》によって大《おお》きく美《うつく》しくなっていくのだということを、親切《しんせつ》に教《おし》えてあげました。

ローズマリーの話《はなし》を聞《き》いて、エリザベスは、すっかりものわかりのよい子《こ》どもになりました。そして、わけてもらったお花畑《はなばたけ》をすぐに二人《ふたり》にかえして、こんどは自分《じぶん》で自分《じぶん》のお花畑《はなばたけ》をつくろうと考《かんが》えはじめました。

それからというものは、エリザベスはいっしょうけんめいお花《はな》を育《そだ》てました。そのやさしい心《こころ》で、エリザベスのお花畑《はなばたけ》にも、きれいな花《はな》がいっぱい咲《さ》くようになりました。

こうしてエリザベスは、もらうことよりも、あげることのほうがたいせつであるということを知《し》ったのでした。

第24話　ほがらか者《もの》のウサギ

みなさんは、動物《どうぶつ》には二《ふた》つの種類《しゅるい》があることを知《し》っていますか？　一《ひと》つは、ほかの動物《どうぶつ》を食《た》べて生《い》きている、こわい動物《どうぶつ》。もう一《ひと》つは、みんなでなかよく生《い》きている、やさしい動物《どうぶつ》です。

そして、なかよく生《い》きている動物《どうぶつ》の中《なか》でもいちばんやさしいのは、ウサギとシカなのです。みなさんの中《なか》で、ウサギやシカがきらいだという人《ひと》はいないでしょう？

どちらも、みなさんと同《おな》じように、いつも明《あか》るく、ほがらかな元気者《げんきもの》で、けっしてケンカなどはせず、みんなとなかよく遊《あそ》ぶので、だれからもかわいがられます。そのウサギには、こんなお話《はなし》があるのです。

大昔《おおむかし》のウサギは、とても長《なが》いしっぽをつけていました。あまりに長《なが》すぎて、眠《ねむ》るための穴《あな》をつくろうとして土《つち》の中《なか》を掘《ほ》りはじめると、その長《なが》いしっぽに土《つち》がいっぱいくっついて、じゃまになるほどでした。

でもウサギは、けっしてわがままを言《い》わず、いつもほがらかに暮《く》らしておりました。

ある日《ひ》、神《かみ》さまは、ウサギたちのほがらかさに感心《かんしん》されて、ごほうびにその長《なが》いしっぽをみじかくしてあげようと考《かんが》えられました。

それで、ウサギのしっぽは、すこしずつ短《みじか》くなっていき、とうとう今《いま》のような、かわいい小《ちい》さなしっぽになったのです。

でも、野山《のやま》に住《す》んでいる野《の》ウサギは、今《いま》でも長《なが》いしっぽをしていますね。あれは、仲間《なかま》どうしで合図《あいず》をするのに必要《ひつよう》だから長《なが》いままなのです。

みなさんも、もし、いやなことがおきたら、すぐにこのほがらか者《もの》のウサギのことを思《おも》い出《だ》しましょう。きっと、いやなことも小《ちい》さく思《おも》えるようになり、また、もとのほがらかな心《こころ》にもどることができるでしょう。

第25話　野道《のみち》の足《あし》あと

ジョンとローズマリーのいる保育園《ほいくえん》で、ある日《ひ》、数人《すうにん》のお友《とも》だちが考《かんが》えを出《だ》しあって、一枚《いちまい》の大《おお》きな絵《え》をかき、それを遠《とお》いところにあるもう一《ひと》つの保育園《ほいくえん》のお友《とも》だちにプレゼントしようということになりました。

そして、その絵《え》を持《も》っていく人《ひと》に、ジョンとローズマリーの二人《ふたり》がえらばれました。二人《ふたり》が、とくによい考《かんが》えを出《だ》したからです。

しかし二人《ふたり》は、これまで一度《いちど》も二人《ふたり》だけで遠《とお》くへ出《で》かけたことがありません。遠《とお》くへ行《い》く時《とき》はいつも、先生《せんせい》がついていってくれたからです。

ですが、こんどは、どうしても二人《ふたり》きりで行《い》かなくてはなりません。

二人《ふたり》は迷子《まいご》にならないかしらと心配《しんぱい》でした。

すると先生《せんせい》が言《い》いました。

「だいじょうぶですよ。いま先生《せんせい》が、道順《みちじゅん》を教《おし》えてあげますから」

ところが二人《ふたり》は、こんどは帰《かえ》り道《みち》のことが心配《しんぱい》になってきました。そのことを先生《せんせい》に言《い》うと、先生《せんせい》は、こう言《い》って二人《ふたり》をはげましました。

「心配《しんぱい》することがいちばんいけません。勇気《ゆうき》を出《だ》して、かならず帰《かえ》れると信《しん》じて行《い》くのです。そうすれば、けっして迷《まよ》うことはありません」

二人《ふたり》は、「はい！」と元気《げんき》よく返事《へんじ》をして、まもなく保育園《ほいくえん》を出発《しゅっぱつ》しました。

さて、二人《ふたり》は、先生《せんせい》から教《おそ》わった道《みち》をたどりながら、はるばる野《の》をこえ山《やま》をこえて、とうとう目的地《もくてきち》の保育園《ほいくえん》に着《つ》きました。

すると、そこのお友《とも》だちがみんな出《で》てきて、二人《ふたり》を歓迎《かんげい》してくれました。そこで、二人《ふたり》がさっそく持《も》ってきた絵《え》を見《み》せると、みんな口《くち》ぐちに、「すごいなあ！」「きれいだなあ！」「ありがとう！」と言《い》って、よろこんでくれました。

用事《ようじ》がすむと、二人《ふたり》はすぐに「さよなら」を言《い》って、帰《かえ》りをいそぎました。

帰《かえ》るときの二人《ふたり》は、来《く》るときとちがって、道《みち》のことが心配《しんぱい》でなりませんでした。

少《すこ》し行《い》くと、道《みち》が二《ふた》つに分《わ》かれているところに来《き》ました。さあ、二人《ふたり》は「来《く》るときは、どっちの道《みち》を通《とお》ったかしら？」と顔《かお》を見《み》あわせました。

しばらくじっと立《た》ったままです。二人《ふたり》は、どんどん心配《しんぱい》になってきました……。

そのときです。二人《ふたり》の頭《あたま》に「勇気《ゆうき》を出《だ》して、かならず帰《かえ》れると信《しん》じて行《い》くのです」という先生《せんせい》の言葉《ことば》がうかびました。

「そうだ、勇気《ゆうき》を出《だ》すんだ！」

二人《ふたり》はそう言《い》って顔《かお》をあわせ、手《て》をつないで歩《ある》きはじめました。

すると、不思議《ふしぎ》なことがおこりました。片方《かたほう》の道《みち》に、白《しろ》い花《はな》がいっぱい咲《さ》いているのが見《み》えはじめたのです。

よく見《み》ると、二人《ふたり》が歩《ある》いた足《あし》あとに一本《いっぽん》ずつ、かわいい野菊《のぎく》が咲《さ》いているのです。

「やっぱり、この道《みち》を行《い》けばいいんだ！」

二人《ふたり》はそう言《い》って、ますます元気《げんき》を出《だ》して歩《ある》きました。そして、まもなく元気《げんき》に保育園《ほいくえん》に帰《かえ》ることができました。

こうして二人《ふたり》は、〈勇気《ゆうき》〉と〈信《しん》じること〉のたいせつさを学《まな》んだのでした。

第26話　みんな神《かみ》さまの子《こ》

ある日《ひ》、ジョンとローズマリーは、先生《せんせい》といっしょに野道《のみち》を散歩《さんぽ》しておりました。すると、道《みち》ばたの木《き》の下《した》に、一人《ひとり》の黒人《こくじん》の男《おとこ》の子《こ》がしょんぼりとすわっているのを見《み》つけました。

先生《せんせい》がすぐに二人《ふたり》に言《い》いました。

「まあ、一人《ひとり》でさびしそうね。わたしたちの保育園《ほいくえん》へつれていってあげて、いっしょに遊《あそ》んであげましょう」

これを聞《き》いてローズマリーは、とてもよろこびました。ところがジョンは、ちょっといやな顔《かお》をして、少《すこ》し後《あと》ずさりをしました。

ジョンは、肌《はだ》の色《いろ》がちがうこの黒人《こくじん》の男《おとこ》の子《こ》を見《み》て、「この子《こ》は、ぼくたちとは、ちがうから……」と思《おも》ったのです。先生《せんせい》は、すぐにこのことに気《き》がついて、このように言《い》って聞《き》かせました。

「ジョンくん、この男《おとこ》の子《こ》も、ジョンくんと同《おな》じ、人間《にんげん》の子《こ》どもではないかしら？　顔《かお》も体《からだ》も同《おな》じだし、笑《わら》った顔《かお》もジョンくんと同《おな》じように、とてもかわいらしいではありませんか。ねえ、ジョンくん、神《かみ》さまは、肌《はだ》が白《しろ》い人《ひと》と黒《くろ》い人《ひと》とを差別《さべつ》なさるかしら？」

先生《せんせい》は、やさしくジョンにそう言《い》いました。

自分《じぶん》のまちがいに気《き》がついたジョンは、ニッコリ笑《わら》って黒人《こくじん》の子《こ》に近《ちか》づき、ローズマリーといっしょにその子《こ》の手《て》を取《と》ってあげ、三人《さんにん》で手《て》をつな

いで保育園《ほいくえん》へむかって歩《ある》きはじめました。そのうしろから、先生《せんせい》がうれしそうな顔《かお》でついてゆきます。

そうやって手《て》をつないで歩《ある》いていくうちに、ジョンに不思議《ふしぎ》なことがおきました。あたりの木《き》や花《はな》や小鳥《ことり》たちがぜんぶ、今《いま》までよりもずっと美《うつく》しく見《み》えはじめたのです。歩《ある》きながらジョンは、それまでの考《かんが》えがまちがっていたことを反省《はんせい》しました。

では、なぜジョンの目《め》には、まわりの景色《けしき》が美《うつく》しく見《み》えはじめたのでしょうか？　それは、それまでのまちがった考《かんが》え方《かた》がなくなって、新《あたら》しくそこに、やさしい心《こころ》が入《はい》ってきたからなのです。

第27話　ほんとうのしあわせ

みなさんは、しあわせにも、いろいろあることを知《し》っていますか？

たとえば、自分《じぶん》のしたいことがなんでもできるというのも、しあわせですし、好《す》きな人《ひと》といっしょにいるとき、プレゼントをもらったとき、そんなときも、うれしくて、とてもしあわせに思《おも》うことでしょう。

ですが、こういうしあわせは、日《ひ》がたつにつれて少《すこ》しずつうすれていき、そのうちすっかり忘《わす》れてしまい、あとで思《おも》い出《だ》すと、なぜあんなにうれしかったのだろうと思《おも》うことがあるものです。

つまり、そういうしあわせは、ほんとうのしあわせとは言《い》えないのです。

では、どんなしあわせが、ほんとうのしあわせと言《い》えるのでしょうか?

それを知《し》りたい人《ひと》は、まず、自分《じぶん》からすすんでお友《とも》だちをしあわせにしてあげてみましょう。

一人《ひとり》ぼっちで友《とも》だちのいない人《ひと》。病気《びょうき》で寝《ね》たきりの人《ひと》。そういう人《ひと》がいたら、すぐに行《い》って、いっしょにお話《はなし》をしたり、遊《あそ》んであげたりして、よろこばせてあげましょう。

すると、みなさんの心《こころ》の中《なか》に「ほんとうによいことをしてあげた」という気持《きも》ちがわいてきて、うれしくてたまらなくなります。

そのうれしさは、ずっとあとになって思《おも》い出《だ》しても、やはりうれしいのです。これがほんとうのしあわせなのです。

〈人《ひと》に愛《あい》をあげたら、自分《じぶん》も愛《あい》をもらう〉

これが、神《かみ》さまがお決《き》めになった、たいせつなルールなのです。

ということは、みなさんの一人《ひとり》ひとりが、いつもほかの人《ひと》のしあわせを考《かんが》えて、よいことをするように心《こころ》がければ、戦争《せんそう》も、ケンカも、悲《かな》しいこともなくなって、この地上《ちじょう》がもっともっと、住《す》みよい世界《せかい》になるはずです。

体《からだ》が小《ちい》さくてもかまいません。子《こ》どもでもかまいません。かわいそうな人《ひと》や困《こま》っている人《ひと》がいたら、すぐに行《い》って、自分《じぶん》にできることで、その人《ひと》たちをよろこばせてあげましょう。

さあ、みなさんも、今日《きょう》からはじめてみませんか?

訳者あとがき

近藤 千雄

私が、この童話の原書"Spirit Stories for Children"を手に入れたのは、翻訳家になることをこころざして間もない、一九六〇年ごろのことでした。

当時は、イギリス人のハリー・エドワーズという心霊治療家がイエス・キリストよりも多くの難病患者を奇跡的に治して、世界じゅうの話題となっておりました。そのエドワーズ氏の助手を、夫のジョージとともに務めていたのが、本書の著者オリーブ・バートンです。

彼女自身も多彩な霊能力を持っており、「スピリチュアル・ヒーラー」という月刊誌に、よく記事が出ておりました。

この童話には、死後の世界や霊界の話がよく出てきます。それらは事実を述べたものであって、作り話ではありません。

二一世紀になって急にスピリチュアルな世界に関心が寄せられるようになり、書店の精神世界のコーナーには、たくさんの本が置かれるようになりました。

ですが、霊の存在を当たり前の事実として扱っている童話は、おそらく本書が初めてではないかと思います。そのため、訳してから出版にこぎつけるまでに、半世紀もの時間がかかってしまいました。

原書には、リーン・クロークさんという方が描いたイラストが挿絵として使われておりましたが、このたび日本語版を出版するにあたり、イラストについても新たに描き起こすことになりました。そして、その仕事を引き受けてくださったのが、スピリチュアルな世界についての理解をお持ちの葉祥明先生です。

この件については、英国の出版社も、こころよく理解を表明してくださいました。

最後に、翻訳の許可をお願いした際にいただいた、当時の編集長テリー・ニューマン氏からの手紙を訳しておきます。

拝復　小社刊の〝Spirit Stories for Children〟をお訳しになりたいとのこと、小社は謹んであなたに全ての権利をお譲りいたします。あなたの訳書が、英国と同じように、日本でも成功を収めることを心から祈っております。　敬具

編集長（当時）　テリー・ニューマン

著者：オリーブ・バートン（Olive Burton）
「イエス・キリストよりも多くの難病を治した」と言われる英国の高名な心霊治療家ハリー・エドワーズの助手として、夫ジョージとともに活躍。彼女自身も多彩な霊能力を持っており、本書に収録された物語も、彼女の娘が生まれる少し前、その子の守護天使から受け取ったものであるという。

訳者：近藤 千雄（こんどう・かずお）
1935年生まれ。高校時代からスピリチュアリズムに関心を抱き、たびたび交霊会にも立ち会って、死後の個性の存続を確信。明治学院大学英文科在学中からスピリチュアリズムの原典に親しみ、その翻訳を決意して４年次で「翻訳論」を専攻。これまで再三、英米の著名なスピリチュアリズム関係の人々、さらにはスピリチュアリズム発祥の地を訪ねて、スピリチュアルな知識の移入と、日本での普及につとめている。

装画・挿絵：葉 祥明（よう・しょうめい）
1946年生まれ。絵本作家。ニューヨークで油絵を学んだのち、72年にはじめての絵本『ぼくのべんちにしろいとり』を出版する。90年に創作絵本『風とひょう』がボローニャ国際児童図書展グラフィック賞を受賞、97年には絵本『地雷ではなく花をください』が日本絵本賞読者賞を受賞するなど、受賞作多数。スピリチュアルな世界を描いたメッセージ絵本も数多く出版している。
http://www.yohshomei.com/

スピリチュアル・ストーリーズ
平成19年10月25日　第１刷発行

著者：オリーブ・バートン
訳者：近藤千雄
装画・挿絵：葉 祥明
装幀：水崎真奈美
発行者：日高裕明
発行所：株式会社ハート出版
〒171-0014 東京都豊島区池袋3-9-23
TEL 03-3590-6077　FAX 03-3590-6078　http://www.810.co.jp/
＊乱丁、落丁はお取り替えします。
＊その他お気づきの点がございましたら、お知らせください。

ISBN978-4-89295-563-1
印刷・製本：中央精版印刷株式会社